ハヤカワ文庫 SF
〈SF2399〉

宇宙英雄ローダン・シリーズ〈684〉

焦点の三角座銀河

H・G・エーヴェルス
星谷 馨訳

PERRY RHODAN
BRENNPUNKT PINWHEEL
IRUNA
by

H. G. Ewers

Translated by
Kaori Hoshiya
First published 2023 in Japan by
HAYAKAWA PUBLISHING, INC.
This book is published in Japan by
arrangement with
PABEL-MOEWIG VERLAG KG
through JAPAN UNI AGENCY, INC., TOKYO.

目次

焦点の三角座銀河

登場人物

アトラン……………………………アルコン人

ジュリアン・ティフラー…………有機的独立グループ（ＧＯＩ）代表

エイレーネ…………………………ローダンの娘

グッキー……………………………ネズミ＝ビーバー

トヴァリ・ロコシャン……………カマシュ人。もとアストラル漁師

バス＝テトのイルナ………………アコン人

サトリ・ジョーラハル……………《シャルンホルスト》女艦長

ジェシュワ・トマソフ
アンラム・コサイス
ターケル・ストラーテン
ダットゥ・ヴァルケン
………《バジス》乗員。志願兵

シャザル・トゥム・リール………ハウリ人。戦隊司令官

プラトゥル・グム・クロザン……同。スリンガルⅣ基地指揮官

焦点の三角座銀河

H・G・エーヴェルス

1

宇宙船の全周スクリーンにふたたび星々がうつしだされたとき、カマシュ人のトヴァリ・ロコシャンはなかば死にかけていた。

だが、セラン防護服のサイバー・ドクターがあるので死んだりはしない。システムが治療をはじめた。無数のセンサーを使って診断し、遅滞なく処置をほどこす。

目の前にある中央コンソールの上に、ターコイズ色の像が置かれていた。一見、なんの機能も持たないように見えるし、ただそこにあるだけだ。だが、どこか謎めいている。おそらく、全体にぼやけた感じで、顔がのっぺらぼうだからだろう。

そのほかには、全長二メートルのヒューマノイド型ロボットが一体、トヴァリの成型シートの右側に立っていた。

ロボットは視覚セルを真っ赤に光らせ、金属の手についた指をしなやかに動かしながら、中央コンソールのセンサー・ポイントをしきりにタッチする。

　すると《バンシー》の探知装置がさかんに活動しはじめ、測定結果を主ポジトロニクスに伝えた。ポジトロニクスはそれを評価して、データ・スクリーンにうつしだす。

　しかし、それを見てもトヴァリはまだ動けなかった。薬剤による限界ぎりぎりの刺激を受けて、やっとすこしずつ回復してきたところだ。どうにか失神することはまぬがれ、周囲の状況を把握できる精神状態になる。目を開け、全周スクリーンのフロントセクターに表示された星々の映像を見た。

　こちらに背を向けた像が目に入ると、かれの顔にふと笑みが浮かんだ。自分と同じく全周スクリーンのフロントセクターを凝視しているように見えたから。

　ルログ！

　名前を呼んだが、声には出さない。まだほかのことに集中できる状態ではないから。まずは正気をとりもどさないと。

　そう考えたのは正解だった。

　思いだしたのだ。自分の所有する……本当はM－33の惑星ヒッチにある三角座銀河情報局、略称PIGの前哨基地の所有物だが、かれがあっさり失敬した……コグ船で、〝丸太〟すなわち巨大船《ナルガ・プウル》をスタートしたことを。アトランの要望で、力の集合体エスタルトゥにある暗黒空間から、局部銀河群のM－33へ帰還飛行を試みたのである。

　こんなこと、ふつうは二度とできない。コグ船で銀河間を航行するなど、どだい無理な話なのだから、かなりの確率でこの試みは失敗に終わっていたはずだ……時空の深淵をこえて〝クルミの殻〟を射出するために、《ナルガ・プウル》のトルルタルがつくるコロニーとルログが力を合わせなかったなら。

　トルルタル・コロニーのようなきわめて数奇な生命形態を生みだした自然の力に、かれは驚嘆の念をいだいた。《ナルガ・プウル》で見たトルルタルは黒い極薄のヴェールみたいな外観だったが、その奥に生命が存在することは即座にわかった。かれらはタルカン宇宙と通常宇宙のあいだにある〝非物質性の仕切り〟に触れることで生じる、一種の凝縮物なのだ。

　死にゆくタルカン宇宙のことや、通常宇宙への銀河移送計画をアトランから聞かされたとき、トヴァリは戦慄したもの。暗黒空間と〝エスタルトゥの庭園〟での大騒動にまぎれてしまい、充分な説明はなく要点のみしか聞けなかったが、それでも大変なことが起きたのだとわかった。

　大量のパラ露が突発的爆燃したせいで、コスモヌクレオチド・ドリフェルが防御反応を起こしたのである。力の集合体エスタルトゥはカオスにおちいった。プシオン・ネットが不安定化し、エスタルトゥ十二銀河ではエネルプシ航行がまったくできなくなった。

これは宇宙航行をおこなう全文明世界の崩壊につながりかねない。

エネルプシ・エンジンやプシカムへの依存率が低い局部銀河群ではそれほどの被害はないだろうが、そのかわり、べつの面ですくなからぬ影響が出ると思われた。タルカン宇宙から通常宇宙に移送されたハンガイ銀河の一部が、局部銀河群の宙域に物質化したのだ……独自の時空をともなって。これにより、当該宙域の時空構造は激震に見舞われた。

それについてはトヴァリも知っていた。そのせいで《バンシー》が〝丸太〟のなかに、すなわち力の集合体エスタルトゥの宙域に漂着することになったのだから。そのあいだにM-33では状況が改善しただろうか？

そもそも、いまM-33にいるならばの話だが。帰ってこられたかどうか、まだわからないのだから。

＊

「熱心に仕事してるようだな」トヴァリはダビデにいった。これは《ナルガ・プウル》で掠奪したロボットだが、プログラミングしなおして自分の家来にしたのだ。「全周スクリーンにうつっている星々はどの銀河のものか、わかったか？」

「船載ポジトロニクスによると、三角座渦状銀河です」ロボットが答える。「なので、帰還の試みは失敗です。われわれの目的地はＭ－３３でしたから」

「三角座渦状銀河ってのはＭ－３３のことだよ、まぬけ！」カマシュ人はいいかえし、満足げに揉《も》み手をした。「つまり、成功したんだ！　あとはイルナを見つければいい。ひょっとしたらカルタン人が知っているかもしれないな。というわけで、三角座銀河のどこにいるかわかりしだい、惑星カルタンに飛ぶぞ」

「ここはナトゥーム球状星団です」ポジトロニクスのシンセサイザー音が響いた。人間の声に聞こえる。

　べつに不思議はない。主ポジトロニクスが有機性のシンセサイザーを使ってつくりだした音声なのだから。ちなみに、《バンシー》の中央計算脳は実際にはシントロンだ。トヴァリが昔からの習慣でポジトロニクスと呼んでいるだけのこと。

　とりあえず、そんな細かい点はどうでもいい。シントロンの報告でわかったのだが、現在ポジションは、力の集合体エスタルトゥの《ナルガ・プウル》に飛ばされる前にコグ船がいた、まさにその宙域ではないか。

　ナトゥーム球状星団が存在するのはＭ－３３のハロー部。小型赤色恒星ワーウォックの第二惑星ヒッチもそこにある。ＰＩＧ前哨基地の所在地だ。

　つまり、わが家に帰ってきたようなもの。

　ヒッチ基地にハイパー通信をつないで帰還報告しようかと考えたそのとき、探知アラームが鳴って、大きさの異なる物体ふたつがスクリーンにうつしだされた。わずか数光年先の通常空間で実体にもどったものらしい。

ほぼ同時に、シントロンが相手を特定する。軽ハルク船が一隻と、直径二百メートルの球型艦が一隻。

「PIGの小ブタたちか、宇宙ハンザだな」トヴァリはひとりごちた。「いずれにしろ、敵ではない」

その瞬間、《バンシー》のハイパーカムが作動した。指向性ハイパー通信をキャッチしたらしい。

「応答せよ！」トヴァリはシントロンに命令した。

ハイパーカム・スクリーンが明るくなり、ある人物の姿が浮かびあがった。こんなに早く再会できるとは思ってもいなかった相手である。

ヒッチ前哨基地の女指揮官、プーマ・ガシュドルだ！

とにかく、ほぼ半年ぶりになる。トヴァリが三角座銀河の時空断層から力の集合体エスタルトゥに飛ばされたのは、NGZ四四七年一月末のこと。いま《バンシー》のクロノメーターはNGZ四四七年八月一日を表示している。

「ハロー、チーフ！」トヴァリは無邪気に呼びかけた。

「タシト・ラヴリン！」プーマは湯気をたてんばかりに怒っている。

タシト・ラヴリンというのは、かれが宇宙空間で遭難したのちヒッチ前哨基地に行きついたさい、使っていた偽名だ。べつに、おもしろがってだまそうとしたわけではない。本名をいえば、すべて説明するはめになるからだ……これまでの経緯を。カマシュ人トヴァリ・ロコシャンに関する、すべての物語を。かれは一族にまつわる〝守護神〟から逃れるため、故郷惑星と故郷銀河を捨てたのである。その守護神はこれまでテラナーが苦境におちいるたび、手をさしのべて助けるようにと、数世代にわたるロコシャン一族の者に強要してきた。

ところが、部分的に記憶を喪失したり、無理に別人格をよそおったり、分子生物学の手法で外見を変化させたりしても、トヴァリはおのれの運命から逃れることはできなかった。

ペルウェラ・グローヴ・ゴールの自由経済帝国ではギフィ・マローダーの偽名を使い、アストラル漁師として潜時艇での任務についた。その事故によって〝エレメントの十戒〟の基地に飛ばされ、のちに深淵の地に行きついたのだったが、十戒の基地ですでにルログと出会っていたのである。そのときルログは変質した環境による影響を多々受けたため、卵のような物体に姿を変えていた。〝時の子供〟と名乗り、おのれのアイデンティティを探しもとめていた。

ヒッチ基地の連中に本名を明かしたなら、そんなあれこれを説明しなければならなくなる。それはしたくなかった。第一に、真のカマシュ人としてはよけいなことに気を使いたくない。第二に、自分のシュプールはできるだけ消しておきたいのだ。母の兄の娘、レリラ・ロコシャンに見つかりたくないから。レリラはトヴァリとルログをカマシュに連れて帰りたがっている。そうしないと、シェトヴァンおじいさんが安らかに死ねないといって。

それにしてもトヴァリには、プーマ・ガシュドルがなぜこんなに激怒しているのか、わからなかった。偽名を呼んだのだから、自分の正体を突きとめたわけはない。怒る理由はないはず。

いずれにせよ、かれ自身はそう思いこんでいた。

プーマの意図がはっきりわかるまでは。

「この泥棒！」と、女指揮官は吐き捨てるようにいった。「いきなり《グルウェル》を奪って逃げ、半年も連絡をよこさないなんて！　懲罰惑星で一生、拘束されればいい。すぐに静止しなさい！　そっちに部隊を送りこむから」

《グルウェル》というのはもちろん、コグ船の正式名である。《バンシー》はトヴァリがひそかに自分でつけた名前なのだ。

「だけど、わたしは暗黒空間に行ってたんです！」かれは抗議した。

「はん！」プーマは鼻にもかけない。「お次は明るい天国に行ってたとでもいう気？

あんたみたいな堕落した宇宙放浪者の言葉を信じると思ったら大まちがいよ」

「暗黒空間は実在します」トゥヴァリは辛抱強く説明した。「アブサンタ＝シャドとアブサンタ＝ゴム両銀河の重層ゾーンをそう呼ぶんですよ。エスタルトゥの庭園がある惑星エトゥスタルもそこにあります」

「それくらい、われわれも知っている」と、プーマ。「だからといって、そこへ行ってきたなんていわないわ。あんただって、そのおんぼろコグ船で行けるはずはない」

「わたしは《ナルガ・プウル》でアトランに出会い、ともにエトゥスタルのプテルスと戦ってきました！」トゥヴァリも負けてはいない。「そのアトランのたのみで、ここにもどってきたんですよ！」

プーマはもうなにもいわなかった。

そのかわり、彼女の隣りにべつの男の顔があらわれた。たぶんテラナーだ。

「そんな内容はぜんぶ裁判の場で弁明しろ、タシト・ラヴリン！　わたしはサルザー・ヌンクウィスト、三角座銀河GOI駐留部隊の隊長だ。いますぐガシュドル指揮官の指示にしたがえ。さもないと《グルウェル》を攻撃する」

「わが前哨基地が所有する唯一の宇宙船なのに！　そんなことされたら困ります」プーマがいきりたつ。

「その認識はまちがっている」有機的独立グループ、略称GOIの三角座銀河駐留部隊の隊長はプーマに向かって反論した。「たとえ不法に奪ったとはいえ、いま《グルウェル》の所有者はタシト・ラヴリンだ。ヒッチ前哨基地は手を出せない。したがって、わたしがコグ船を攻撃しても、きみの所有権を侵すことにはならない」

トヴァリ・ロコシャンはにんまりした。ヌンクウィストの言葉は当然、はったりだと思ったのだ。必要もないのに宇宙船一隻を……それがただのコグ船でも……破壊したりはしないだろう。

しかし、ルログがその考えを訂正した。

「ヌンクウィストは本気です、ご主人」と、ほかの者には聞きとれない、いつものやりかたで伝えてくる。「球型艦が大砲の砲塔を《バンシー》に向けました」

「大砲なんか鉛に変わってしまえ！」驚いたカマシュ人はそう口ばしった。

状況はたちまち変わる。

《バンシー》のほうに向いた球型艦の外殻に、明るい光点がいくつか浮かびあがったではないか。

「防御バリア展開！」トヴァリは命令した。いまにもビームがコグ船をとらえるにちがいないと思って。

ところが、シントロンは命令にしたがわなかった……いずれにせよ、すぐには。《バンシー》が命中ビームを食らうこともない。それどころか、球型艦の外殻に生じた光点がふたたび消えたのである。

「球型艦のこちらに向けられたインパルス砲は溶解し、気化しました」と、シントロンが報告。

「溶解し、気化した?」カマシュ人はあっけにとられてくりかえす。やがて、なにが起きたかわかった。

鉛の融点は非常に低い……

「今後いっさい干渉してくれるな、悪魔人形!」トヴァリはロコシャン一族の守護神にどなりつけた。「わたしは本気でいったんじゃないぞ。あそこにいるのは友じゃないか。いまのところ、向こうがそれを認めようとしないだけで」

「認めることなど絶対しませんよ、ご主人」ルログがいいかえす。「向こうはパラトロン・バリアを張り、トランスフォーム砲にエネルギーをフル充塡していました。それでも大砲を鉛に変えないほうがよかったというのですか?」

「正気の沙汰じゃない! トランスフォーム砲が溶解したら、すぐさまギガワット級の爆弾がはなたれるんだぞ。もう、ここで起きることに関わるのはやめてくれ。シントロン、防御バリアを展開しろ。回避機動に出る。至急だ!」

「ただちに!」シントロンが応答。

《バンシー》はその後も一瞬だけ、相対的に静止しているように見えた。そのあいだにメタグラヴ・エンジンが〝初球を投げて〟高エネルギー作業を開始、飛行方向への重力中心を形成する。ハミラー・ポイントだ。これがエネルギー的に強化されていき、やがて擬似ブラックホールが生まれる。

「わたしがすこし手伝わないとチャンスはありません、ご主人！」ルログが警告。

トヴァリも認めざるをえなかった。球型艦のトランスフォーム砲が《バンシー》に向けて最大級のエネルギーを放出したら、パラトロン・バリアでも防御できまい。

「わかった。ただし、ほんのすこしだぞ！」かれは譲歩した。

人工恒星のごとくまばゆい光点が三つ、《バンシー》とほかの二隻のあいだに生じる。トヴァリは思わず息をとめたが、光点はすぐに流れて消えた。

「よくやった」かれは守護天使をほめ、額の汗をぬぐった。

トランスフォーム砲の攻撃はあと二回つづいたが、いずれも同じ結果となる。ヌンクウィストはさぞ憤慨したことだろう。やがてハミラー・ポイントのベクトリングが終わり、メタグラヴ・ヴォーテックスに変化。《バンシー》はグリゴロフ層につつまれて人工ミニ・ブラックホールに〝墜落〟し、ハイパー空間へと消えた……

＊

ほぼ六百光年を翔破したのち、通常空間に復帰した。《バンシー》はいま、M－33

ハロー部のナトゥーム球状星団と、いわゆる銀河平面のあいだにいる。星々のすくない宙域だ。

とはいえ、まったく星がないわけではない。トヴァリ・ロコシャンは船の後部方向、十光時もはなれていないところに、赤色巨星をひとつ発見。

見つけたことはほかにもあった。この赤色巨星はもっとも無害な発見物といっていい。なぜなら、次に探知したのは、ゆるいフォーメーションを組んで航行する巨船三隻だったから。この三隻のどまんなかで《バンシー》は通常空間に復帰したのである。

これまでに見たことのないタイプの船だ。

カマシュ人はあわてふためいた。

それは未知船の乗員たちも同じだったらしい。三隻とも別々の方向へ飛び去ったから。《バンシー》に砲火を開くこともない。

コグ船は未知船三隻を探知したのち、即座にパラトロン・バリアを展開していた。だから攻撃してもむだだと、相手にもわかったのだろう。トヴァリは最初そう思った。

そのとき、ふたたび探知警報が鳴る。どうやら、ヌンクウィストの球型艦と軽ハルク船が追ってきたらしい。

まだ《バンシー》からは十五光時ほどはなれているようだが、かれらがここに登場すれば、未知船三隻は警戒するはず。

「また超光速段階に入れ！」トヴァリはシントロンに命じた。「追っ手を振りきるんだ！」

「わたしにやらせてください、ご主人！」ルログがいってきた。「相手を少々攪乱《かくらん》してやります。また性懲《しょうこ》りもなくトランスフォーム砲をフル充填しているので」

「こちらに命中させないようにしてくれ！」と、トヴァリ。「だが、よけいなダメージはあたえるなよ」

《バンシー》が加速するあいだ、トヴァリはコンソール前のスクリーンに未知船の探知映像をうつしだした。

三つの部分に分かれた奇妙な構造をしている。それを見ながら、考えこんだ。

全長三百メートル、最大直径四十メートル。船首にあたる部分の長さは七十五メートルで、前にいくにつれてしだいに細く扁平になり、先端の直径は十五メートルだ。中間部分の長さも同じく七十五メートル。下のほうが細くなったシリンダーのかたちをしており、いちばん太いところの直径は三十メートル、細いところは十メートル。船尾もやはり円錐というか、うしろにいくにつれて細くなるシリンダー形だが、長さは百五十メートルある。ほかの部分ふたつを合わせた長さということ。

「カルタン人でもマーカルでもないな」と、断定する。

そのとき、はっとした。わずか数光分はなれた場所で、トランスフォーム爆弾が五つ爆発したのだ。

「なんたる厚顔無恥！」トヴァリは憤慨した。「シントロン、こっちも軽ハルク船と球型艦の鼻先にトランスフォーム爆弾をお見舞いしてやれ。断じていいなりにならないと、ヌンクウィストにわからせるんだ」

シントロンは命令を復唱し、数秒後に実行した。追っ手の二隻から数光分はなれたところに、まがまがしく輝く人工恒星が出現。軽ハルク船と球型艦はパラトロン・バリアを展開しつつも、用心深く回避機動に出て、やや後退する。

未知船三隻は介入することなく距離をたもち、さらに加速した。

数分後、《バンシー》がハイパー空間にもぐると、トヴァリはいった。

「あの未知船の乗員にいつか再会できるだろうか。わくわくするな。どう思う、ルログ？」

「かれらはまったくの未知者ではありません、ご主人」守護神の返事だ。「細胞核放射のオーラが非常に似ています……《ナルガ・プウル》にいたヒューマノイドと。エトゥスタルのプテルスと結託していた者です」

「なに？」トヴァリは仰天した。「だって、あれは暗黒空間での出来ごとじゃないか。ここから四千万光年はあるぞ！　あの種族がここにいるはずはない！」

「わたしならそうは断定しませんね」ルログが反論。「ひとつ、はっきり気づいたことがあります。ちなみに、思っていたのとすこしちがいますが」

「なんの話だ？」トヴァリはじりじりしながら訊く。

「気を強く持ってください、ご主人！」

カマシュ人は蒼白になった。

「気を強く？　どういう意味だ？　悪い知らせなのか？」

「おそらく」と、ルログ。「未知船の一隻に、一人物の細胞核の残存放射があるとわかりました。バス＝テトのイルナのものだったと思われます」

「だったと思われる？」トヴァリは動転しておうむがえしする。「つまり、もう生きていないということか？」

「そのとおりです、ご主人。バス＝テトのイルナは死にました。そのからだは冷凍され、未知船のどこかにあるようです」

「イルナが死んだ……」トヴァリは茫然自失でささやいた。「ちいさなバンシールームが死んでしまった！　アトランになんていえばいいんだろう？　きっと心痛でおかしくなってしまう」

それからターコイズ色の小神像をやにわに両手でつかみ、こう叫んだ。

「だけど、もし死んだのなら、なぜ未知者は彼女のからだを冷凍したんだ？　生命の兆《きざ》しがのこっているのでは？」

「その可能性はあります」と、ルログ。「《バンシー》がハイパー空間に移動したさい、あまりに早くプシオン性コンタクトが切れてしまったので、なんともいえません」

「だったら、すぐ未知船のところにもどらないと！」トヴァリはきびしい顔で決意した。「協力してくれ、偉大なる妖精！」

「そうしたいのはやまやまですが、ご主人、どうやって未知船を見つけたものやら」

「どうにかして見つけるんだ！」トヴァリは小神像をコンソールに勢いよくたたきつける。おかげでコンソール・プレートにひびが入った。

＊

次に通常空間に復帰したときは、M－33銀河平面の星々が密集する宙域だった。

「銀河中枢部の近傍だ」トヴァリ・ロコシャンは専門家の目で全周スクリーンをくまなく見わたす。「これなら惑星カルタンがあるグウネン星系も遠くないな。うまく逃げてこられたぞ、ルログ」

そのとき、司令室に探知アラームが鳴りひびいた。かれは不審に思って目を細めた。

「宇宙船三隻を探知。距離、十四光秒。接近コースをとっています」と、シントロンが告げる。

「部分拡大映像を！」トヴァリは要求した。

拡大映像を見たところ、ついさっき見かけた未知船と似たタイプの船だとわかる。

しかも、三隻！

かれはシートから跳びあがった。この三胴船は似たタイプどころか、まさにさっきの未知船そのものではないか。

その一隻にバス＝テトのイルナがいる！

「どうすればいい？」ルログに訊いた。「イルナをここに連れてこられるか？」

「彼女にはまだ命のいとなみが感じられます」と、ルログ。「この状況で空間的・時間的に移動させるのはリスクをともなうでしょう。だめです、ご主人。ここに連れてくることはできません」

「当該宇宙船が安全距離を超えて接近しました」シントロンの報告だ。「パラトロン・バリアを展開します。戦闘準備、完了」

「やめろ！」トヴァリはあわてて叫んだ。「戦闘はだめだ！　イルナを危険にさらしちゃまずい。ダビデ、相手船に通信コンタクトをとれ！」

ロボットが命令を実行。

数秒後、ハイパーカム・スクリーンが明るくなり、トヴァリの前に一ヒューマノイドの姿があらわれた。《ナルガ・プウル》で見たのと同じ種族のメンバーだと、ひと目でわかる。それに半年ほど前、氷惑星ムシャクの地下で発見した棺《ひつぎ》のなかにいた〝黄金生物〟にも、とてもよく似ている。

トヴァリは急いでハイパーカムの撮影範囲に移動し、異人にソタルク語で話しかけた。《ナルガ・プウル》のヒューマノイドもエトゥスタルのプテルスも、この言語を使っていたから。

「こちら《バンシー》、わたしの名はトヴァリ・ロコシャン。そちらと平和的コンタクトをとり、情報交換できればいいと思っているのだが、いかが？」

「われわれ、その用意はある。きみの船を観察していたところ、こちらの潜在的な敵に攻撃をしかけたのがわかったから」異人も同じくソタルク語で応じた。「わたしはシャザル・トゥム・リール、いま《セトナル・メテム》から話をしている。ところで、きみはソタルク語と呼ばれる言語をどこでおぼえたのかね？」

カマシュ人は内心、緊張した。シャザル・トゥム・リールがGOIとPIGを〝敵〟と称したから。トヴァリだってヌンクウィストやプーマ・ガシュドルには腹がたつし、かれらの行為を法的に訴えてやろうと思っている。しかし、だからといって人類とその組織への忠誠心は変わらない。

人類の敵イコール自分の潜在的な敵でもあるのだ。したがって、シャザルやその仲間と付き合うときは、細心の注意をはらわないと。それに、かれらと付き合うのは、相手が自分のほしいものを所有している場合だけだ……つまり、アトランのほしいものを。

バス＝テトのイルナを！

「ソトがわが故郷銀河に持ちこんだ言語だから」トヴァリはシャザルの質問に答えた。

「それはこの銀河か？」さらに質問がくる。

「いや、べつの銀河だ」

「銀河系という名前か？」

しつこく訊かれてうんざりしたが、それをおくびにも出さずに答える。

「そのとおり！」

「われらの敵もその銀河のメンバーだ。ギャラクティカーという」シャザルはつづけて、「かれらの所有する宇宙船はきみのと同じだし、きみの外見もかれらに似ている。きみもギャラクティカーなのか？」

「わたしはカマシュ人だ」と、トヴァリ。「ギャラクティカーと同じ銀河の住人だが、同盟してはいない。われわれは独立種族だから。わたしの宇宙船はかれらからくすねたものなんだ。それで追われているわけさ。どうにか追っ手をまくことができたなら、うれしいんだが」

「かれらをまくことはできた。だが、われわれを振りきろうとしてもむだだぞ」

「そんなこと思ってもいないよ」トヴァリはそう応じた。「ところで、きみの種族名を教えてもらえるか？　故郷はどこだい？」

「わたしはハウリ人だ！」シャザルは誇らしげにいい、カーキ色のコンビネーションの右胸に手を置いた。そこには恒星をかたどった半円形と、恒星放射をしめす六本線からなるシンボルがついている。線は左から右にいくにつれて長くなる。

シャザルの声が深く朗々としていることに、カマシュ人はいまはじめて気づいた。《ナルガ・プウル》のハウリ人もこんな話しかただったっけ。

「それでも、M－33の出身ではないのだな？」と、たしかめた。

「われわれの故郷はハンガイ銀河だ」シャザルが答える。「だが、かたくるしい話はもういい！　わが船に招待しよう、トヴァリ・ロコシャン。こちらにきてくれ！」

トヴァリはすばやくルログを一瞥《いちべつ》した。守護神の表面が色とりどりに変化する。多次元エネルギーによるものだ。それを見て、シャザルの招待にひるむ気持ちは失せた。この色の乱舞は〝時の子供の特徴〟だから。

色はすぐに消えたが、ルログが自分にまかせろと告げてきたのはわかった。これで、なにも恐れず《セトナル・メテム》に乗りこむことができる。

「招待をお受けするよ」トヴァリはいった。

＊

エアロック室は巨大だった。当然だろう。そうでなければ、ハウリ人の宇宙兵が三十六名も入れたはずはない。かれらは列をつくってならび、恐怖を呼び起こすビーム兵器をこれ見よがしにかかげている。

だが、トヴァリ・ロコシャンは恐くなかった。左脇に守護神をかかえているから。

列をなす兵士のあいだを歩きながら、ハウリ人を注意深く観察した。みなシャザル・トゥム・リールと同じカーキ色のコンビネーションを着用している。右胸にはやはり、放射が六本ある恒星のシンボルがついていた。

いずれも身長はほぼ二メートルで、信じられないくらい痩《や》せている。乾燥した革みたいな濃い褐色の皮膚が、骨を直接おおっているのかと思うほど。顔は人間の骸骨さながらだ。深く落ちくぼんだ眼窩《がんか》を見ると、その印象がますます強くなった。目は眼窩の底にちいさくついている。

「船へようこそ！」シャザル・トゥム・リールが兵士の列を抜けたトヴァリを出迎えた。

「お招きありがとう！」と、トヴァリ。ハウリ人の背が自分より五十センチは高いため、見あげる格好になる。

「こちらへ！」シャザルは踵《きびす》を返し、開いた内側ハッチを通ってエアロック室を出た。トヴァリもつづく。姿かたちのちがう両名のあとから、ほかのハウリ人が数名ついてきた。たぶん将校だろう。

まず司令室に向かう。そこでシャザルはゲストを船長に紹介した。つまりシャザル・

トゥム・リールは《セトナル・メテム》船長ではなく、三隻からなる部隊の司令官ということ。トヴァリもとっくにそう見当をつけてはいたが。

司令室のあと、ほかのセクションも見せてもらった。もしかしてバス＝テトのイルナの姿を見られるかと期待したが、それはかなわない。彼女がいるのはこの《セトナル・メテム》だと、ルログが伝えてきていたのだが。

船の案内が終わると、シャザルは黄色い照明がともるホールにカマシュ人を連れていった。テーブルとベンチがならんでいる。いずれのテーブルにも深皿と大きなジョッキが対になって置かれていた。

トヴァリはいやな予感がして、息を吸いこんだ。焼け焦《こ》げたような、饐《す》えたにおいがする。とても食欲をそそられない。

シャザルが立ったままなので、トヴァリもその場に立ちつくしていた。これが自分のために用意された食事でなければいいと願いながら。

その願いはむなしく消えることになる。ブルーに輝くトーガのような衣装を身につけたハウリ人がひとり、通廊からホールに入ってきて、まんなかのテーブルにおごそかに歩みよったのだ。

ハウリ人はそこに立ったまま、両腕をまっすぐ前にのばして〝ヴァヌ・アッラム〟とかなんとかいった。ソタルク語ではないようだ。おそらくハウリ語だろう。

たぶん〝おいしく召しあがれ〟みたいなことをいったのだと推測したトヴァリは、自分でそれを訂正した。輝く衣装を身につけた男が腕をさげ、なにか語りはじめたから。

こんどもソタルク語ではない。すぐにトヴァリはセランのポジトロニクスに命じ、トランスレーターを作動させたが、翻訳することはできなかった。使用語彙がすくなすぎて、分析にはいたらなかったのだ。

輝く衣装の者が語り終えると、うしろにいたハウリ人たちが、やはりトヴァリには理解できない言葉をひとつつぶやいた。それからホール内に突進していく。

気がつけば、ハウリ人の数は六十名ほどに増えていた。その全員がベンチにすわると、シャザルもテーブルに歩みよったので、トヴァリはそれにならった。シャザルがベンチに腰かけ、トヴァリは隣りにすわる。

すべての席が埋まると、輝く衣装の者も同じく着席。

それが合図だったかのように、全員いっせいに深皿のそばに置かれた二叉フォークをとり、皿の中身をむさぼりはじめた。何日も断食していたみたいに、がつがつと。

「きみも飲んで食べてくれ！」と、シャザル。

トヴァリは深皿の中身をじっと見た。湿った干し草みたいな見た目で、においもそんな感じ。食べたら死にそうだ。次に、濁ったグリーンの液体がなみなみ入った大きなジョッキに顔を近づけ、くんくん嗅《か》いでみる。腐敗臭がする。

カマシュ人は吐き気をおぼえてあとずさった。

「食べろ！」シャザルが耳もとでささやく。「食事をとるのは神聖な行為。なにものも侵すことはできない。それに、われらの食べ物はからだにいいぞ。よほど異質な生命体でないかぎり」

胃が口もとまであがってくるようだ。トヴァリはそれを必死にこらえ、

「これ、なに？」と、訊いた。「パセリのゼリーじゃないよな？」

「われわれが口にするのはこのふたつのみ。ウルヒイトゥとポナアだ。ウルヒイトゥは理性を研《と》ぎすまし、完成への壮大なプロセスを理解できるようにする。ポナアは肉体を強化し、支配者へプタメルの任務を遂行する力をあたえる。ほかの飲食物は存在しない。神聖な食事時間を妨害するのは許しがたい冒瀆《ぼうとく》行為だ」

トヴァリはいやいやフォークをとり、〝湿った干し草〟をつつきまわした。それでも口に入れようとはしない。

プディング！　と、やけくそで考える。この気持ち悪い食べ物がプディングになればいい……で、液体のほうはビールに！

「ご命令とあればそうします、ご主人！」ルログが伝えてきた。いつもの、主人にだけ聞こえるやりかたで。

すると突然、トヴァリのフォークはプディングを突き刺していた。とろりとしたクリ

ームがあふれだす。驚いてテーブルに身を乗りだすと、ジョッキに入っているのは〝おぞましい液体〟ではなく、ビールだとわかった。

ほかのハウリ人にも同様のことが起きたらしい。プディングをすこし食べ、ビールをひと口すすったあと、かれらのあいだで驚きの悲鳴があがる。数名はテーブルの下に頭を突っこんで嘔吐しているようだ。

ブルーに輝くトーガを身につけたハウリ人は激怒してフォークを投げ、大股でホールを出ていった。

ほかの者たちも全員、食べるのをやめて出ていく。トヴァリのほうを憎々しげににらみつけながら。

シャザル・トゥム・リールだけがすわったまま、平静さをたもっている。

そのことにトヴァリは驚いたが、やがて気づいた。司令官が小神像をじっと見つめているではないか。かれは凍りついた。これまでルログの役割を完全に見ぬいた者はいない。なぜなら、それにはたんなる論理的考察以上の能力が必要になるからだ。ふつうの判断力ではできない。千里眼に近い者でないと無理だろう。

むろん、シャザル・トゥム・リールにそうした能力があるとは思わない。ただそのかわり、なみはずれた観察力を持つようだ。ものごとを総合的に組み合わせる力もかなりのものらしい。

敵にまわすと恐ろしい相手だ。

トヴァリはあわてて立ちあがった。

「すわれ」シャザルが命じた。小声だが、うむをいわせない響きがある。

「食事時間は終わったはず」トヴァリは主張した。「なぜ、出ていってはいけない？」

「終わったのではなく、信じがたい出来ごとのせいで中断されたのだ。だれかが狙い定めた作用をおよぼした……いわば絶大なるプシオン力によって。そうとしか説明がつかない」シャザルはそういうと、ルログを指さす。「わたしにはすぐにわかった。あれはただの像ではないな。一種のエネルギー中枢だ」

「ルログはスーパー・ハイテク製品だから」いいかえしたカマシュ人は、思わず唇を引き結んだ。いわなくてもいいことを、うっかり口にしたと気づいたのだ。

「なるほど、このエネルギー中枢の名はルログか」シャザル・トゥム・リールは満足げにいう。「どんなことができるのだ？」

「なにも教える気はない」と、トヴァリ。

そのあと、つけくわえようとした……ロコシャン一族の守護神を不当に手に入れようとあれこれ画策しても、すべて妨害されるだろうと。だが、思いとどまる。ルログがこういったのだ。

〈わたしがいればおおいに役にたつと、ハウリ人は考えています。思考を読んだわけで

はありませんが、それは確実です。このチャンスを利用しない手はありません。わたしとバス＝テトのイルナを交換しなさい！〉

〈そんな。一族の守護神の力を悪用しようと考えるやつに、きみをわたすなんてできないよ！〉トヴァリは憤慨した。

〈それでこそわがご主人〉と、ルログ。〈たとえシャザルのものになっても、あなたの倫理観と道徳理念に反するようなことはけっしてしません。それに、わたしはいつかならず、あなたのもとへもどってきます〉

トヴァリはもうそれ以上、反論しなかった。

「ルログがほしいか？」と、ハウリ人に向きなおって訊く。「対価になにをくれる？」

「わが永遠の友情と、ギャラクティカーに対する保護を」シャザルが答えた。「ルログの使い方を教えてくれることが条件だ」

「なにをしたいか、ただ口にするだけでいい。ルログはだれにも聞こえないやりかたでこたえてくれる。ただし、わたしがかれに、きみに仕えるよう命令すればの話だが」

「なら、命令しろ……いますぐ！」シャザルがおどすようにいった。

「あわてるな！　かれがわたしにしたがうのは、自由意志で命令したときだけだ。無理に強制されたように受けとったら、ルログはきみを殺すぞ」

「そんなことができるのか？」シャザルは驚愕している。

この男の精神力も思っていたほどではないとわかり、トヴァリは安心した。ルログみたいに卓越した存在なら危険な敵にもなりえるのだと、自分で考えつかないとは。

「よく考えてみるんだな」と、応じる。「だが、べつにわたしを強制する必要はない。この船に女ギャラクティカーがひとりいるだろう?」

シャザルは身をこわばらせ、ささやくように訊いた。

「どうしてそれを?」

「ルログはなんでも知ってるのさ。わたしは故郷銀河での自由通行権を手に入れたい。ギャラクティカーの幹部と交渉するにあたって、その女は大きな意味を持つんだ」

「それはどうかな」と、シャザル。「バス=テトのイルナは瀕死の重傷を負った。低体温睡眠状態にしてサイバネティク生命維持システムにつないではいるが、助からないだろう」

「たとえ死んでいても、わたしにとっては価値がある」イルナの容体は本当に見こみがないらしいとわかったが、それでもトヴァリはいいはった。「自由意志でルログをわたしてほしければ、バス=テトのイルナと交換だ!」

シャザル・トゥム・リールは葛藤している。それなりの対価をはらわずにルログがあっさり手に入ることはないと、認めるのは容易ではなさそうだ。

その対価とは、バス=テトのイルナか、おのれの命か。

だが、ついに決断したらしく、

「交渉成立だ」と、告げた。「バス＝テトのイルナを深層睡眠タンクと生命維持システムごときみの船にうつし、エネルギーを供給させよう。きみがルログに、わたしのものになれと命令するなら」

「了解した！」

トヴァリはそういったものの、予感していた。ハウリ人は自分をだます気だろう。しかし、まったくかまわない。そうなれば、こちらがいずれ交渉を反故《ほご》にしても、道義上正当化できるのだから。

立ちあがり、シャザルのテーブルの上に小神像を置くと、

「シャザル・トゥム・リールがきみの新しい主人だ、ルログ」と、いった。「ロコシャン一族の者ではないが、今後はかれにしたがい、かれに仕えるように！」

「かれにしたがい、かれに仕えます」ルログが応じる。トヴァリはシャザルの顔を見て、かれにも小神像の言葉が聞こえたのだとわかった。

シャザルは貪欲にルログを引っつかみ、脇にかかえる。それからアームバンド装置のスイッチを入れ、先ほどイルナに関して述べた内容を実行するよう命じた……

2

アトランは驚愕した。グッキーやエイレーネとのコンタクトが完全にとぎれたのだ。これは予測していなかった。

なにかまずいことが起きたにちがいない。複数のネットウォーカーが個体ジャンプで同じ出発点から同じ目的地をめざしてプシオン・ネットを〝旅する〟場合は、みんなが同じ宇宙船に乗っているようなもので、つねにコンタクト可能なのだから。

いずれにせよ、これまではずっとそうだった。

なぜ今回はそうでないのか、アルコン人にはわからなかった。プシオン・ネットが不安定になっているせいかもしれない。すでにそれが原因で、多くのネットウォーカーがプシオン・フィールド・ラインからほうりだされている。たいていはべつのプシオン・フィールドにつながる道をうまく見つけて、遅れながらも目的地にたどりつくのだが、なかには永久に行方不明となった者もいる。

もしかしたら、自分の隣りにいたイルトとペリー・ローダンの娘も、プシオン・ネットから投げだされたのか。それとも、プシオン発光のせいだろうか。アトランがグッキーやエイレーネとともに、ラトレイの第四惑星アスポルクから《バジス》に向けて個体ジャンプでスタートした瞬間、ラトレイ星系全域にプシオン発光があふれたのだ。

プシオン発光は五次元性の稲妻といった現象である。それにともなうフラッシュオーヴァのエネルギーがハイパー空間から四次元時空連続体に流れこみ、数光年にわたる宇宙空間に光輝がひろがる。著名な科学者たちの説では、タルカニウムでの致命的なパラ露爆燃により、ドリフェルに防御反応が起きたことが原因らしい。

ただこの〝稲妻〟は、いくら恐ろしげに見えても無害なものだった。

とにかく、これまでは。

それが変化した可能性は否定できない。

アトランは付帯脳のコメントをいらいらしながら待った。なにものにも左右されない無感情の論理セクターなら、現状を分析して貴重な助言をくれるはず。ところが、めずらしく沈黙している。アトランがわざと挑発的なことを考えてみても、まったく反応しない。

アルコン人は不安になった。現実感がなくなってきたような気がする。

その印象がますます強くなったのは、周囲からプシオン・ネットのラインも、そのきらめきによって変色した銀河系の星々も消えたときだった。いま目に見えるのは、鈍い鋼色の光だ。なにかを思いださせるが、ぼんやりした頭ではぴんとこない。

〈ここへきてくれ、アトラン!〉と、聞こえた気がした。〈待っている〉

「どこで?」アルコン人は声に出す。

ところが、自分の声が聞こえない。かれは必死で思いだそうとした。あの鋼色の光をどこで見たのだったか。あの声をどこで聞いたのか。

前に一度、聞いたことがある……どこで聞いたか思いだせば、だれの声だかわかるはず。

〈ジェン・サリクがきたのだ!〉と、ふたたび声がした。〈どこにいる、アトラン?〉

「ジェン・サリク!」

その名を口にしたとたん、それまで頭のなかにかかっていた黒い霧がいきなり晴れる。すべてを思いだした。

あれは二十年ほど前、ケスドシャン・ドームでのこと。とはいえ、それはノルガン・テュア銀河の惑星クーラトにあるドームではない。当時はクーラトに存在せず、宇宙をとりまく深淵の都市スタルセンの外壁内に具現化していたのだ。ケスドシャン・ドームじたいが物質化したわけではなく、レトス＝テラクドシャンのプロジェクション体が記憶によって再現したものだが。

ともあれ、アトランが思いだしたのはNGZ四二七年の出来ごとである。だが、いまは四四七年の八月。自分が二十年近い過去に飛ばされ、おまけにプシオン・ネットのラインでたどりつけないはずの次元に到達したとは、とても考えられない。

そのとき突然、さらなる記憶が意識によみがえってきた。アトランはそれを貪欲にたぐりよせる。

自分の精神が過去へおもむき、スタルセン壁のなかに具現化したケスドシャン・ドームでふたたび騎士任命式を体験しているのだとわかった。忘れていたメロディに誘発され、記憶が呼び覚まされたのだ。

だったら、なにがこの出来ごとをふたたび体験する誘発ファクターとなったのか？

そう思ったとたん、ぼんやりした鋼色の光が輪郭をなして色を帯び、鋼でできた丸屋根となった。百五十六メートル頭上にドーム天井が生じる。室内にまばゆい蛍光があふれ、磨かれた鋼の上を波のように流れていく。まさに息をのむばかりの光景である。

当惑しながらも、アトランは確信した。これははじめて見る眺めだ。つまり、自分の記憶から浮かびあがってきた光景ではないということ。

まちがいない。ここはスタルセン壁のなかに具現化したシミュレーションでなく、銀河系から八千六百万光年はなれたクーラトにある、ほんもののケスドシャン・ドームだ。

アトランは最初、いったいなにが起きるのかと緊張しながら待ちかまえた。

だが、やがて気づいた。周囲の魅了される眺めはすぐ近くにあるように見えても、じつは視覚トリックによって遠くに押し流されていくのだ……しかも、景色が向こう側に動いているのではなく、自分がそこから遠ざかっている。

それがわかったとき、パニックに襲われた。わたしは現実から離脱している。このまま自我を失ってしまうのだろうか。意識が溶け去り、蒸発するのではないか。

コスモクラートによる罰か？　かれらに服従して深淵の騎士の義務をはたすことを拒否したわたしを、こんなかたちで罰するつもりか？

それほど残忍になれるものだろうか？　コスモクラートは禁令を破って銀河系にもどったわたしを見逃し、精神を錯乱させたりもしなかった。それは、わたしの意識をケスドシャン・ドームに送って破壊するという、より残忍な方法であとから復讐するためだったのか？

〈かれらは復讐など考えていません！〉また声が聞こえた。〈コスモクラートは進化の長い道のりをたどっていまの存在形態を手に入れました。そんな先祖返りの考えはとうに克服しています。かれらが服従を迫るのは、それを〝法〟がもとめるかぎりにおいて。監視騎士団の掟を破った深淵の騎士には、罰をあたえもしましょう。しかし、正当なかたちで意味ある論拠を提示した者に、偏見を持つことはありません〉

この声にも聞きおぼえがあった。だが、すこし前に聞こえたのと同じ声ではない。だんだん頭がはっきりしてきて……だれの声だかわかった。

〈エルンスト・エラートだな！〉アトランは大よろこびで思考した。〈ジェン・サリクはどうなったのだ？〉

エラートが返事してくれると思ったのだが、その期待はむなしくはずれた。かわりに聞こえたのは、複数の声による合唱だ。そして、波打つように見えるドーム壁に、彫りの深い男の顔が浮かびあがる。

テングリ・レトスの顔が！

アトランの不安はいっきに消えた。もう、意識が溶け去って蒸発するとか、自我を失ってしまうなどと恐れはしない。

むしろ、この離脱感を利用して感覚を研ぎすまそう。

そう思ったとたん、ドーム壁だけでなく、質素な木のベンチがならぶホールの全体が視界に入ってきた。二階にはドーム唯一の出入口がある回廊が見える。さまざまな知性体が大勢、ベンチにひしめき合っていた。すわっている者、立っている者……あまりの混雑で立錐《りっすい》の余地もないほどだ。

ノルガン・テュア銀河の巡礼者たちが集合したのだ。すくなくとも五百種族の代表がいるだろう。

これほど多くの異なる種族が巡礼にやってきたということは、ケスドシャン・ドームの呼びかけを聞いたからにちがいない。ドーム内のプロジェクターが生成する振動を使った呼びかけは、銀河をまたいでプシオン性の作用をおよぼす。そこに思いいたったアルコン人は、はっとした。

なぜ自分はプシオン作用を感じなかったのだろう。深淵の騎士なら、とりわけその作用に敏感なはずなのに。

いったいどういうことか？　アトランはとほうにくれ、考えを声に出した。

「ここでなにが起きているのだ、テングリ？」

こんどもまた、自分の声が聞こえない。

そのかわり、ふいに十六名の姿が回廊にあらわれた。コスモクラートに直接コンタクトできるといわれる、ケスドシャン・ドームの式典マスターたちだ。白い毛皮の縁取りがある、ゆったりした黒ビロードのローブを身につけている。時代錯誤な衣装ではあるが、荘厳なオーラが感じられた。

アトランはいぶかった。なぜテングリ・レトスは話しかけてこないのだろう……その肉体にはテングリ・レトスとテラク・テラクドシャンの両意識が宿っているため、正しくはテングリ・レトス＝テラクドシャンだが、プロジェクション体はつねにテングリの姿なので、そう呼んでいる……かれがそう自問していると、回廊にいる式典マスターたちのつくる輪が開いた。

そこからジェン・サリクが出てくる。

「ジェン！」アトランは叫んだ。

しかし、ジェン・サリクは反応しない。こちらを真剣な顔で見ているようだったが。

いきなり合唱の声がまた大きくなった。こんどはべつの音もくわわり、アルコン人の耳を聾するおごそかな響きがドームじゅうにあふれる。

それが最高潮に達したとき、テングリ・レトス＝テラクドシャンの声に変わった。

「コスモクラートは決定をくだした。ペリー・ローダンとアトランに対する禁令を解くものとする！」深淵の監視騎士団守護者の声が、拡声器を通してドームじゅうに鳴りひびく。アトランは最初、壁が割れるのではないかと思ったほど。「このふたりは騎士の任務を免除される。今後は良心のなせるまま、おのれの判断に自由にしたがってかまわない。ただ、深淵の騎士としての権利は生涯のこり、またその後もずっとつづく。なぜなら、かれらの死後はその意識がドームの鋼外被に宿るからだ……生ける状態でケスドシャン・ドームに宿るジェン・サリクと同じく。そしてかれらは、騎士団を強化し守りぬいていくことになる。〝最後の深淵の騎士が死ぬとき、すべての星々が消え失せる〟という伝説を事実にしないために」

この宣言が終わると、ふたたび合唱が響きわたった。その歌声には悲嘆と歓喜の両方がふくまれている。ジェン・サリクの心情を再現したものだろう、とアトランは思った。ジェンはこれまで生きてきた世界に別れを告げ、あらたな道を選んだのだ。そこではこれまでに存在した深淵の騎士数千名とそのオービターたちが、数かぎりない魅惑的な体験や知識を携えて、かれを待っている。

ジェン・サリクの姿が式典マスターたちのあいだで透明になっていき、ついに消えた。ドーム壁に輪郭だけ浮かんでいたテングリ・レトスの顔も、見えなくなる。アトランの心臓がひとつ鼓動を打ったのち、ドーム外被が振動しはじめた。宇宙全体にプシオン・インパルスが押しよせ、自分のなかにも浸透してくる。かれは全身の細胞核でそれを感じとれたと思った。

次の瞬間、その感覚が消え失せる。

ドームの丸天井が消滅し、巡礼者たちも式典マスターもいなくなった。

いま見えるのは、幅八メートル、高さ四メートルの銀色に輝く壁……高性能ポジトロニクスの操作・制御装置である。《バジス》の船載計算脳、ハミラー・チューブの前にいるのだと、やがてわかった。目的地に着いたのだ。

先ほどまでの精神的緊張にかわり、どっと疲れが襲ってきた。目のなかで色とりどりの環が踊っている。かれは膝を折り、最後の意志力を振り絞って立ちあがった。エイレーネとグッキーがどうなったのか、心配でたまらないから。

「船内クリニックに連れてったほうがいいんじゃないかしら」女の声が聞こえた。

エイレーネだ！

「そんなことしなくていいよ。細胞活性装置とサイバー・ドクターがあれば、すぐ元気になるって」と、べつの声がする。

グッキー！

では、ふたりともプシオン・ネット・ラインのどこかで行方不明になったのではなく、元気なまま《バジス》にたどりついたのだ。それを確信したとたん、アトランはもう疲労にあらがえなくなった。

安堵の吐息とともに、前のめりに倒れる。グッキーがテレキネシスで支えてくれたことにも気づかなかった。

＊

「もう大丈夫です」と、人間に似た声が聞こえる。ネット・コンビネーションのピココンピュータだと、アトランにはすぐにわかった。右耳の下についたマイクロ受信機が、生体制御シンセサイザーの音声をとらえたのだ。

ゆっくり目を開けた。

先ほど体験した出来ごとがまだ錯綜し、ぼんやりしている。周囲の状況を視覚で把握したら、記憶も順序正しく鮮明なものになるかもしれない。

最初に目に入ったのはエイレーネの顔だった。彼女やグッキーとともに《バジス》に到着したことを思いだし、アルコン人はほっとして息をついた。

ローダンの娘とイルトは、アスポルクから《バジス》に向けて個体ジャンプするあいだ、自分のそばから投げだされたわけではなかったのだ。

「具合はどう、アトラン?」エイレーネが心配そうに訊く。

「よくいわれるように、こんな状態にしてはまあまあだ」アトランはいつもの悪名高い皮肉をまじえて答えた。いまはハミラー・チューブの銀色に輝く操作・制御装置のすぐ前で、リクライニングした成型シートに寝かされている。「グッキーはどうした?」

「主司令室にジャンプしたわ。なにか、わたしにしてほしいことある?」

アトランはほほえんだ。

ネット・コンビネーションのピココンピュータで簡易チェックしたところ、自分は《バジス》に到着後、心身ともに疲弊状態だったことがわかった。だがサイバー・ドクターが処置をほどこしたので、もう問題はない。

「しばらくそばにいてくれるだけでいい」と、答えた。「きみを相手に話をしながら、個体ジャンプでここにくるあいだに起きたことを自分でもはっきりさせたいのだ」

そういうと、立ちあがって自動供給装置のところへ行った。この装置は《バジス》船内にある大きめのキャビンすべての壁にとりつけてある。コンピュータ室も同様だ。アトランは自分の足取りに満足した。重い病を長く患ったときや、心身ともに過負荷がかかったときのように、ふらついたりしていない。

ビタミン添加フルーツ・ジュースをカップに注《そそ》ぐと、ごくごく飲み干す。カップをごみ箱に捨てたとき、背後で空気の流れを感じた。

振りかえる。

数メートル先にグッキーが、ジュリアン・ティフラーの手を握って立っていた。ティフラーはアトランを気づかわしげに、それでも好奇心いっぱいで見つめている。

「船へようこそ、アトラン！」ティフラーが宇宙船に訪問者を迎えるさいの常套句《じょうとうく》を口にした。

「どうも！」と、アルコン人。「すべて順調かね、ティフ？」

「船内は問題ありません。《バジス》はハンガイに向かっています」

「エスタルトゥからやってくるヴィールス船五十万隻と、そこで落ち合うのさ」グッキーがつけくわえた。「ブリーやジェフリーもいるよ。あんたの《カルミナ》もピギーバックで引っ張ってきてる。到着は一週間後くらいになるね」

「わたしが指示したのです。まっすぐハンガイをめざすのでなく、銀河系に立ちよってヴィーロ宙航士たちをそれぞれの文明世界に帰すようにと。なんといっても、十五億名の乗員がいるので」と、ティフラー。「その後、メンターや幹部要員のみがヴィールス船で、銀河系から見てハンガイの手前、八十ないし百光年にある会合ポイントに向かう予定です」

「それはよかった」アトランはいった。

「天才的ですね」だれかの声が割りこむ。ハミラー・チューブの合成音声だと、アルコン人はすぐにわかった。「ただ、あなたはなにか解決すべき問題をかかえておられるようですが、サー」

「相《あ》いかわらず気取った話しかただな」と、アトラン。「やめさせられないのか？」

「そんなこと、もうずっと前からだれも考えていませんよ」ティフラーが答えた。「ほかにいろいろ心配ごとがあるので」

「でも、あんたが問題をかかえてるのは本当だろ、アルコンの親分」グッキーはいい、ネット・コンビネーションのポケットからとりだしたニンジンを盛大にかじった。「ゆっくりすわって話してみなよ」

「いいとも、グッキー」と、アトラン。

「テーブルひとつと椅子を四つ！」ティフラーだ。「きみに命令したんだぞ、ポジトロニクス」

「おおせのとおりに、サー！」ハミラーがおもしろがって応じる。

壁の一面を船載ポジトロニクスが占める空間のまんなかに、安定化フォーム・エネルギーでできた赤褐色の丸テーブルが一台と、背もたれの高いクッションつき椅子が四脚あらわれた。椅子もテーブルも、重厚なマホガニー製に見える。

エイレーネとティフラーが自動供給装置からコーヒーのカップを四つとりだし、砂糖やクリームも添えてテーブルに運んできた。全員、それぞれ席につく。

アトランは砂糖とクリームをコーヒーに入れると、ぼんやりと混ぜて、ひと口すすった。それからカップをテーブルにもどし、グッキーとエイレーネをじっと見た。

「まずは、きみたちの話を聞きたい。アスポルクから《バジス》に個体ジャンプでくる途中、なにがあったか」

「基本的にはいつもどおりだったけど……」グッキーがためらいがちに答える。

「不気味なプシオン振動をのぞけばね」エイレーネの言葉だ。「恐怖を感じたわ」

「ありゃ、ケスドシャン・ドームがつくりだした振動だよね」グッキーがきっぱりいい、アルコン人に同情するように大きな黒い目を向けた。「あんたは深淵の騎士だから、とりわけ強く感じたはずだ。だから心身ともにすごく負担がかかったんだよ。《バジス》に着いたとき、完全にまいってたもん」

「それでも、わたしは消えたりしなかったのだな？　たとえ数秒間でも？」アルコン人の声は張りつめている。

「肉体はね」グッキーは答え、コーヒーに砂糖をたっぷり入れた。

「なるほど」アトランは小声でいった。「つまり、すべては精神が経験したことだったのか。わたしの意識はケスドシャン・ドームにいた……あるいは、そのプシオン振動がわが意識内にケスドシャン・ドームの幻を生じさせ、実際にそこでおこなわれていることを見せたか。後者のほうがありえるな。というのも、ドームでの出来ごとは厳密に再現されたものではなく、象徴的な現象をなぞっただけだったから。それはたしかだ」

「で、そこでなにが起きたの？」エイレーネが興味をしめす。

アルコン人はコーヒーをもうひと口すすり、椅子の背にもたれて目を閉じた。

「きみとグッキーにコンタクトできないと気づいたのが、ことのはじまりだった」と、語りだす。「プシオン・ネットが不安定になったせいで、分断されてしまったのかもしれないと考えた。ところがそのとき、だれかがわたしに呼びかけたのだ」

「父かしら？」エイレーネが興奮して目を輝かせた。

「ペリーではない。テングリ・レトス＝テラクドシャンにちがいないと思った。相手が口にした言葉は、以前わたしが深淵のスタルセン壁をケスドシャン・ドームめざして登っているときに聞いた内容だったから。おそらく、ドームで生成された最初のプシオン振動が、わたしのなかにその記憶を呼び起こしたのだろう。

その後、気がつくとほんもののケスドシャン・ドームにいた……つまり、わが意識にその印象が伝えられたわけだが。奇妙な離脱感が生じて、わたしは驚愕した。なんだか自我が崩壊してしまうような恐れをいだいてね。

最初はコスモクラートの復讐かと思った。しかしそのとき、かれらは復讐など考えていないと告げる声が聞こえた。あれはエルンスト・エラートの声だったと信じている。とはいえ、実際にエラートが話しかけてきたわけではない。かれもなんらかのかたちで儀式に参加しており、わたしはその思考の一部を受けとったのだろう」

「エルンスト・エラート！」グッキーはうっとりしたように、「つまり、かれの魂はいまも宇宙をさまよっていて、重要な出来ごとがあると介入してくるんだね。いつかまた会える日が待ち遠しいよ」

アトランはふっと笑みを浮かべた。

「かれに会える確率は、砂漠に雨が毎日降るのと同じくらいだな」そういうと、また真剣な調子でつづける。「そのあと、さまざまな種族からなる巡礼者たちが大勢いるのが見えた。そしてドーム二階の回廊に式典マスターが十六名あらわれ……そのまんなかにジェン・サリクがいたのだ。それから合唱が響きわたり、テングリ・レトス＝テラクドシャンの声が告げた。わたしもペリーも、コスモクラートの禁令から解放されたと」

「だけどさ、アブサンタ両銀河のハロー部の外にある会合ポイント〝エデン＝ノヴァ〟からジャンプしたときには、すでに解放されてたんじゃないのかい。でなけりゃ、アスポルクに着いたさいに正気を失ってたはずだろ」グッキーが口をはさんだ。

「まさにそのとおり」と、アトラン。「だが、やはりアスポルクに行けたのは一時的な解放だったのかもしれん。とにかく重要なのは、ペリーとわたしがコスモクラートから騎士の義務を免除されたのがはっきりとわかった点だ。今後は良心のなせるままに行動していいとのこと。さらに、こうもいわれた……深淵の騎士としての権利は生涯のこり、またその後もずっとつづくと」

「その後もずっと？」エイレーネが割りこむ。「だってあなたとペリーは不死者よ！」

「なにが不死なものか！」アルコン人はひどく真剣にいいかえした。「宇宙ですら不死ではない。物質の進化の副産物である有機体にとり、不死性というのは規模のかぎられた相対的なものにすぎないのだよ。わかるかね、エイレーネ。ペリーもわたしも、ほかの細胞活性装置保持者も、ビーム銃や矢や剣や石の一撃で、あるいは落雷によって、いつ命を落とすかわからない。それらを防ぐことは、活性装置にもできないから。つまりわれわれは永遠の命を授かったわけではなく、長生きするチャンスをあたえられただけ。それでも、だれだっていつかは死ぬ。ペリーとわたしの騎士としての権利が生涯つづくとレトス＝テラクドシャンがいったのは、われわれの死後、その意識がケスドシャン・ドームの鋼外被に宿るという意味だ。かつての深淵の騎士たち、およびそのオービターの意識と同様に」

「そうなのね」と、エイレーネ。

「で、ジェンはどうなったんです？」ティフラーが訊いた。「グッキーの話だと、クーラトに向かったということでしたが。ケスドシャン・ドームを仲立ちにして、コスモクラートの禁令をとりけしてもらうんだといって」

「ジェンはドームに統合された」アトランはぽつりとつぶやいた。「禁令をとりけさせるため、多大な犠牲をはらったのだ。容易な決心ではなかったはず。これまで暮らしてなじんできた世界に別れを告げなくてはならないのだから。だが、かれはそれを非常にポジティヴにとらえたのだと、わたしは信じている。ジェンの歓喜を感じとったから。あらたな世界であらたな存在となり、ほかの騎士たちやオービターとともにドーム外被に宿ることを、心待ちにしているようだった」

「でも、なぜ?」エイレーネだ。「なぜ、ジェンが犠牲をはらうことになったの?」

「それが絶対に必要不可欠だったからだろう」アルコン人は答えた。「われわれも知るとおり、コスモクラートは全能ではない。おそらく、わたしとペリーを解放するにあたって、まだ生きている騎士をひとり、ドームに統合させるしかなかったのだ。深淵の騎士がいなくなればすべての星々が消えるという伝説から、宇宙を守るために」

「最後の深淵の騎士が死ぬとき、すべての星々が消え失せる……これはあくまで神話めいた言い伝えにすぎないと、わたしはいまでも思っていますが」と、ティフラー。

「われわれの宇宙をひとつにまとめているのは深淵だわ」エイレーネが説明をはじめた。

「深淵を監視する者がいなくなれば、その想像上のカバーも壊れてしまう。そうしたら宇宙はエネルギー差も温度差もない終末に突き進むでしょう。すべての物質の終わりを意味する、熱死の状態に」

アトランは敬意をこめた驚きの視線を親友の娘に送った。若くて経験不足の青二才だから、成熟した不死者となる前に、まずは宇宙の荒波をかいくぐって多くの経験を積まなければなるまいと思っていたが、考えなおしたほうがよさそうだ。意識下にこびりついた考えをあらためるのは、これがはじめてではない。一年ほど前、ドリフェルでエイレーネとともに行動したさいにも、同じ経験をしたもの。ある特定の状況になると、彼女の意識および意識下に眠っている知識や知見が殻を破ってあらわれるのだ。それはおそらく、コスモクラートの具象を母に持つからなのだろう。

エイレーネはアルコン人の視線に気づいたらしい。いわくありげな謎めいた笑みを浮かべたから。しかし、すぐにまた真剣な顔になってこういった。

「イルミナとブリーがヴィールス船団を銀河系に連れていくのは、八月十日……一週間後よ。船団は直接こちらをめざしていないけど、《カルミナ》はすぐにここへあらわれるはず。そこで提案があるの。《カルミナ》でハンガイの〝こちら側〟に飛んでみてはどうかしら。どんなふうになっているか、調べてみたいわ」

アトランには理解できた。エイレーネはできるだけ早く、死にゆく宇宙タルカンへの遠征準備をはじめたいのだろう。父のシュプールを見つけて救いだすために。

その思いはアトランも同じだったが、その前にひとつやることがある。〝丸太〟とエトゥスタルで行動をともにしたトヴァリ・ロコシャンから、バス＝テトのイルナがM－33銀河にいると聞いたのだ。彼女はそこで、アトランがコスモクラートの呪縛から解放されて局部銀河群へ帰還できるのを待っているらしい。そうなれば、再会が可能になる。

トヴァリ・ロコシャンは力の集合体エスタルトゥにある暗黒空間からM－33に向けてスタートした。アトランのために女アコン人を探しだし、見つかったら《バジス》に連絡してくることになっている。かれはそれを心待ちにしていた。イルナを見つけだすその日まで、タルカンに飛ぶことはできない。愛しているのだ。タルカンへの遠征には、彼女に同行してほしい。

「まず、やるべきことをかたづけてからだな」と、エイレーネの提案を断った。直接イルナの名前を出さずに説明するにはどうすればいいかと、頭を悩ませながら。

だから、ティフラーがこういったときにはほっとした。

「やめたほうがいいと思います。ストレンジネス・ショックがいかに強烈なものか、いまではわかったのだから。一度やられたら、まともな知性が回復するのに数週間あるいは数カ月かかるらしい。それに、エイレーネの提案に乗って調べにいく必要もないのですよ。調査はすでにラトバー・トスタンとポージー・プースにまかせたので。あのでこぼこコンビは、旧型ロボット、数名の乗員、被験者百五十名を連れ、新造の《ツナミ＝コルドバ》でハンガイの通常宇宙側に進入を試みました。わたしの見こみどおりなら、有用な情報や経験値を山ほど持ち帰るはず。そうなれば、次の一手を正確に計画することが可能になるでしょう。それでもタルカン宇宙への遠征は遠い目標です。異宇宙のどこに出られるかまったく予想もつかないことをのぞいたとしても、リスクや不確実性が大きすぎる。そもそも、タルカンに到達できればの話ですが」

「むろん、わたしも拙速《せっそく》に行動する気はない」アトランは応じた。「当然だが、タルカン宇宙へ進出する宇宙船は、ジェフリーの開発したベクトリング可能グリゴロフを装備していなければな。そうした船が十二隻もあれば充分だ。それに、宇宙間遠征のリスクを恐れぬ自由志願者もかなりの数にのぼるはず。わたしが《カルミナ》で船団の指揮をとる。ワリンジャーの駆動装置をそなえた船をギャラクティカムが用意してくれれば、九月中旬から下旬までにはスタートできるだろう」

「いつの九月です？」ティフラーはおちつかないようすだ。

「今年にきまっている」アルコン人はきっぱりいった。「ことをいたずらに先延ばしするわけにはいかない。ペリー・ローダンを探しだして救出せねば。わが親友だからというだけでなく、比類なきカリスマ性を持つ人物だ。ギャラクティカムはいまこそ、かれを必要としているはず。あらゆる危機を乗りこえるために」

「それはわかっています！　しかし、ギャラクティカムがどういうか……」

「そうとも、ギャラクティカムがな！」アトランはティフラーの言葉をきびしい顔でさえぎった。「これはペリー・ローダンだけの問題ではない。ギャラクティカムや銀河系、ひいては局部銀河群の他銀河にもひとしく関わってくる話なのだ。とにかく、これ以上ハンガイの一部が物質化するのみならず、通常宇宙の星々が奪い去られれば、局部銀河群の時空バランスは脅かされる。いまではすでに、一千万近い恒星集団が奪われた……さらに数が増えることも覚悟せねばならぬ。これがエスカレートしていけばどうなるのか、だれも厳密には予測できない。ただ、これだけはいえる。そうなれば、すくなくとも局部銀河群に文明は存在しなくなるだろう」

最初は茫然としていたティフラーだが、アトランの演説が進むにつれ、その表情が変化していった。同意をしめすようにうなずき、

「そのとおりだ、アトラン。正しい論拠をしめしてくれました。あなたが諸問題にエネルギッシュにとりくんでいるとわかって、うれしいですよ。いまいましいが、USOの政務大提督だったころを思いだしますな」

興奮して話すティフラーを見て、アトランは笑みを浮かべた。

「では、きみの支援をあてにしていいのだな、ティフ？」と、たしかめる。

「もちろんです」ティフラーは答えた。「ただ、ギャラクティカムの幹部クラス全員を

説得できるかどうかは不透明ですが。おおかたのギャラクティカーは現状に倦み、やや頽廃《たいはい》的になっています。すべての問題を机上でかたづけようとするかもしれません」

「そうしたら、現実という地面の上に投げもどしてやらねば」と、アルコン人。「それも、かれらの文明が滅びる前にな」

だが……と、アトランは思った。まずはイルナと再会してからだ！

3

「ああ、なんたること！」トヴァリ・ロコシャンは感きわまってささやいた。目の前の透明な〝棺〟ごしに、バス＝テトのイルナがエネルギー・クッション上に横たわっているのが見える。

　女アコン人は、まるで眠っているようだ。深淵の地でもその後も着用していた、セラン様のコンビネーションに身をつつんでいる。耐圧ヘルメットは頸もとの細いリングにおさまり、頭部が外に出ているため、気品ある顔だちもビロードのような金褐色の肌も黒い瞳も赤銅色の髪も、はっきり見ることができる。だからトヴァリは思わず声をもらしてしまった。

　とはいえ、イルナは平穏にまどろんでいるのではない。シャザル・トゥム・リールの言によれば、瀕死の状態なのだという。それを思いだし、トヴァリは思案をはじめた。もちろん、彼女を救うためならなんだってするつもりでいる。たとえ死んでいても自分にとっては価値があるのだとハウリ人にはいったが、それは嘘だ。アトランに約束したのだから……かならずイルナを探しだして、かれのもとへ連れて帰ると。

もしも彼女が死ぬようなことになれば、二度とアルコン人に合わせる顔がない。

もちろん、自分ひとりの力でイルナを救えるとは思えなかった。生物学についてはかなり理解しているし、新旧の医療にもくわしいが、深層睡眠タンクのサイバー医療技術装置やその付属機器類がやれる以上のことは、トヴァリにもできない。

したがって、かれの目標はイルナをすみやかに《バンシー》に乗せて銀河系へ送りだし、惑星タフンの専門家にゆだねることだ。彼女を救える場所があるとしたら、タフン以外ありえないから。

かれは棺に似たタンクの周囲をゆっくりひとまわりし、エネルギーが供給されていることをたしかめ、生命維持装置の表示を見た……といっても、セランのポジトロニクスで長いこと分析してようやく、その内容を理解できたのだが。イルナは本当に瀕死の状態らしい。生命の兆しがあるかもしれないとルログはいったが、脳波のわずかな振れも装置にはしめされていなかった。それを知ったとき、トヴァリの期待はついえた。

彼女の肌に手でじかに触れたなら、もっとよく容体がわかるかもしれない。惑星をまるごとつつむ共同知性体の構成要素として成長するカマシュ人は、あらゆる生物の多岐にわたる命の流れを感じとることができるのだ……表面的なものも、深層的なものも。

だが、そうするには生命維持装置を開かねばならない。リスクが大きすぎる。

ルログがここにいたら助けになっただろうか。ロコシャン一族の偉大な守護神は信じがたい能力で、だれもが奇蹟と呼ぶような出来ごとをしょっちゅう起こす。だが、ことイルナに関してはルログも能力を発揮できないのだろう。そうでなければ、みずからを交換材料にしてイルナから遠ざかるはずはない。

トヴァリは嘆息し、生命維持タンクの透明素材に顔を押しつけて、女アコン人の傷を探した。とにかく、重傷を負ったとシャザルがいっていたから。

しかし、外からは傷は見あたらない。内臓に損傷を受けたのだと考えるしかなかった。

タンクにそっと手を置いて、

「きみを救うためならなんだってするよ、イルナ」と、約束した。

《バンシー》の司令室に行き、探知システムが伝えてきたはずの現在ポジションをシントロンに確認してから、銀河系へ向かうよう命じる。ただし、最初から銀河平面をめざすのでなく、まずはその〝上〟にあるタフ星系に飛ぶコースをとった。恒星タフの第三惑星タフンにかつてのUSOメド・センターがあるのだ。

ついでに、探知装置でハウリ船三隻の動きを追う。三隻は《バンシー》の近くに十七分間とどまっていたが、そのあと二隻が急降下し、加速した。超光速段階に入って三角座銀河を去るかに見える。

トヴァリはそれ以上気にしなかったが、やがて探知装置がハウリ船のエネルギー・パターンをとらえたところ、加速した船の一隻は《セトナル・メテム》だとわかった。しかも、二隻のコースはまちがいなく、ハンガイ銀河からきた恒星集団をめざしていた。この恒星集団が半年ほど前に局部銀河群に物質化したことは、トヴァリも知っている。それに関するハイパー通信を山ほど傍受したので。

これまでに通常宇宙に物質化した恒星の数は一千億ほど。厳密なポジション測定の結果、三角座、銀河系、ろ座、アンドロメダとの相対的な位置関係も判明している。だが、この恒星集団が渦状銀河M－33から肉眼あるいは望遠鏡で見えるようになるのは、ほぼ八十八万年後だ。M－33に光がとどくまで、それだけの時間がかかるから。《セトナル・メテム》とその僚船が〝こちら側〟すなわち通常宇宙にあるハンガイの恒星集団に向かったのは、まずまちがいないだろう。

それはとりもなおさず、ロコシャン一族の偉大な守護神がストレンジネス境界の向こうに拉致《らち》されることを意味する。この境界がタルカン宇宙の恒星集団を全方向からとりかこみ、ストレンジネスで埋めつくしているのだ。

トヴァリは不安になった。ルログがこちら側のハンガイに入りこんでしまったら、もう自分のもとへもどってこられないかもしれない。

ロコシャン一族の全メンバーが敬愛する守護神のことを考えると、パニックに襲われそうになる。

かれは決意した。ルログをとりもどすためにイルナをさしだす気はさらさらないが、《セトナル・メテム》がハンガイに向かうのはなんとしても阻止しよう。

まずハイパーカムのところに急ぐと、スイッチを入れ、《セトナル・メテム》を呼びだす。それから《バンシー》の船載シントロンに、ハウリ船二隻を追跡するよう指示を出した。

一分半ほどして《セトナル・メテム》の通信センターが応答。そのあいだに《バンシー》は飛行コースを変え、最大価で加速していた。ところが、それまでコグ船の近くにいた三隻めのハウリ船もやはりコース変更し、かんたんにこちらに追いつく。八光秒の距離をつねに確保しつつ、コグ船を追ってきた。

「シャザル・トゥム・リールを出してくれ!」トヴァリは担当の通信士にソタルク語で話しかけた。

「司令官に切り替える」通信士が同じ言語で応じる。

すぐに、ハウリ人司令官の〝骸骨顔〟がハイパーカム・スクリーンにあらわれた。

「なんの用かね、トヴァリ・ロコシャン?」シャザル・トゥム・リールの口調は、まるで待ちかまえていたように聞こえる。思いすごしだろうか。

「もう一度、貴船を訪れたいんだが」カマシュ人はいった。「そちらがわが船にきてくれてもいい。重要な話があるのだ」

ハウリ人はくぼんだ眼窩の奥の目をぎらりと光らせ、

「ルログに関する件か？」

「それもある。だが、なにより伝えたいのは、最近わたしがこの銀河の氷惑星で発見したもののこと。その惑星の地下に一生命体が、エネルギー保存あるいは深層睡眠の状態で横たわっていたんだ。外見はきみとそっくりで、黄金色の宇宙服を身につけていた」

「黄金色の宇宙服だと？」シャザルは大声をあげた。「ヘプタメルにかけて！　それは長く消息不明だったナダル・メテムにちがいない。航行を中断するから、きみの船をドッキングさせろ。こちらにきて、そのハウリ人を見た場所に案内してくれ」

「かれはもういない」トヴァリはいった。「異人がひとり近づいたせいで、防御システムが作動してね。そのあとすぐに大規模な時空断層が発生し、保存容器ごと破壊されてしまった」

《バンシー》の緊急スタートが原因で黄金男のかくれ場が破壊されたことは、用心のためいわずにおく。

「死んだのか！」と、ハウリ人。「ナダル・メテムを見殺しにしたな、トヴァリ・ロコシャン。こうなったら、きみにふさわしいのは死のみ」シャザルは声を張りあげた。

「ルマン・ジャト・ズール、あの船と操縦士を殲滅《せんめつ》せよ！」

しまった、と、トヴァリは思った。しゃべりすぎたようだ。だが、すんだことはしかたない。探知装置を見ると、《セトナル・メテム》がこちらを振りきろうと急加速したのがわかった。一方、その僚船は相対的に静止して回頭し、《バンシー》に舷側を向ける。

「パラトロン・バリア展開！」トヴァリはシントロンに命じ、火器管制コンソールをオンにした。

エネルギー・ビームがコグ船のななめ上と下をかすめ、パラトロン・バリアがちらつく。トヴァリは思わず身をすくめた。

《バンシー》を追ってきた三隻めのハウリ船も砲火を開いた。

数秒後、こちらの行く手をふさいだ二隻めの舷側から閃光が生じた。だが、これを予測していたカマシュ人は間一髪、船の構造上ぎりぎりの回避機動に出る。敵のビームはわずかに的をはずし、三隻めのそばをかすめた。

トヴァリはふたたび《バンシー》を上昇させ、行く手をふさぐ二隻めに向けてトランスフォーム爆弾をはなった。はげしい怒りにかられ、もっとも威力の大きいエネルギー兵器を選んだのだ。ハウリ船の防御バリアはこれに太刀《たち》打ちできず、たちまち爆発して人工恒星の火球となる。

これに巻きこまれないよう、カマシュ人はまたもや急激な回避をおこなった。三隻めの火器管制担当はそれを計算していたらしい。なぜなら、とてつもない太さの高エネルギー・ビームが正確に《バンシー》の中央上部に命中したから。そのため、パラトロン・バリアに亀裂が生じる……○・一秒にもならない、わずかのあいだだが。

しかし、それでもエネルギー供給セクションには重大な障害となる。爆発が起きて、《バンシー》はなかばスクラップと化した。

トヴァリはコンソールの前で身をこわばらせた。あたかもショックで行動不能になったような感じで。

だが、そうではなかった。

ロコシャン一族のメンバーはふだんはとても平和的だが、とりわけ大きな危機に見舞われると、太古の戦闘本能がよみがえるのだ。それは生粋《きっすい》のアルゴンキン族インディアンでブラックホークの名を持つ、一代めのロコシャンから受け継いだ遺伝素質だから。

トヴァリは氷のような冷静さで、ひたすらチャンスを待った。

そして、チャンスが訪れる。《バンシー》は制御を失って旋回していたが、そんな状態でもかれは正確に狙いを定め、こちらにとどめの一撃を見舞おうとしていた敵船に向けて兵器を発射。

コグ船のトランスフォーム爆弾が、殺人者にすみやかな死をあたえた……

＊

ところが、《バンシー》のほうも似たような運命に脅かされることになった。トゥヴァリ・ロコシャンがそれに気づいたのは、ひとえにコンソールをチェックしたおかげである。ひどく損傷したとはいえ、コグ船の耐圧アブソーバーはまだ機能していたため、はげしい旋回運動で生じる遠心力の影響をこうむらずにすんでいたので。

コンソールの表示を見ると、メタグラヴ・エンジンのグラヴィトラフ貯蔵庫から船内エネルギー需要を超える量のハイパーバリーが放出されていた。そのせいでいわゆるミニ・ブラックホールが制御不能となって暴《あば》れだし、昔からの自然法則どおりに崩壊して、ガンマ線を盛大にまきちらしている。こうして解放されたエネルギーが雪崩《なだれ》のごとく押しよせれば、いずれさらなる不運が襲いかかるにちがいない。大規模爆発が一度、あるいは小爆発が何度も起きて、船は崩壊にいたるだろう。

カマシュ人は二十分間、ものすごく苦労して大汗をかきながらプログラミングを書き換えた。ロボットのダビデにも手伝わせて、まだ無傷のハイパートロップ貯蔵・駆動システムをほぼすべて転極することにどうにか成功。その結果、吸引装置は放出装置となる。つまり、グラヴィトラフ貯蔵庫内部で実行される周波転換プロセスを逆にして、生じたハイパーエネルギーをハイパー空間、すなわちエネルギー的に上位の連続体に放出するのだ。

こうして貯蔵庫内にのこるハイパーバリーがわずかになると、トゥヴァリは作業を中断した。次に重い放射防護服を着こみ、ダビデをともなって、なかばスクラップとなった《バンシー》のメタグラヴ・セクションに向かう。モノクローム・ハイパーバリーを貯蔵している共振装置のカバーを調べ、漏洩《ろうえい》個所を探しあてたのち、そこを密閉した。こういうとかんたんに聞こえるだろうが、とんでもない。なにしろ、固体の壁にあいた穴をふさぐのとちがって、不安定な低周波ハイパーバリーのなかに空白個所を見つける作業なのだから。

そんなこんなで、すべて終えるのにほぼ二日かかったが、とりあえず《バンシー》は持ちこたえた。もう一度ハイパートロップを転極しなおしてハイパー空間からエネルギーを吸引し、静止波の状態でグラヴィトラフ貯蔵庫に蓄積できれば、ふたたび亜光速航行ができるようになるだろう。うまくすると、いずれ数光月くらいならハイパー空間を翔破できるかもしれない。

トヴァリはまっすぐ司令室にはもどらなかった。除染作業を終えたのち、放射防護服をセランに着替えて、イルナの生命維持タンクがある貨物室に向かう。《バンシー》が宇宙戦に巻きこまれたせいで、女アコン人に重大な影響がおよんだのではないかと思うと、気が気ではなかった。とはいえ、まずは船の安全確保が最優先だったのだ。さもないと、すべてむだになってしまうから。

貨物室に足を踏み入れて、ほっとした。生命維持タンクは特殊な生命維持装置にかこまれて、キャビン中央にそのままある。外見は無傷のままだ。

ところが、操作卓をじっくり調べたところ、深く失望させられた。

ビームが命中したせいか、エネルギー供給セクションでの爆発が原因かわからないが、生命維持装置へのエネルギーが短時間とぎれていたことが判明したのだ。たった二十秒ほどである。そのために安全スイッチと予備装置があるのだから。しかし、イルナを永遠に闇に葬るには充分な時間といえる。

一縷《いちる》の望みをかけてイルナの脳波計に目をやったが、もはや針のかすかな触れさえ見られない。

バス＝テトのイルナは永久に失われてしまう……奇蹟でも起きないかぎり。

だが、奇蹟が起きるはずはなかった。それを起こすルログは《セトナル・メテム》にいて、じきにハンガイのストレンジネス境界の向こうへ行ってしまうのだから。標準時間で四、五日以上はかからないだろう。専門家の目で《セトナル・メテム》の機器類を見てまわったからわかる。ハウリ船はメタグラヴ・エンジンに似た駆動システムをそなえているため、六十ないし七十超光速ファクターでの航行が可能なのだ。

もうタフンも永遠に遠くなってしまった。

このとき、トヴァリはヒルダのことを思いだした。ヒルダはセランに装備されたただのコンピュータだが、ペルウェラがなにかの装置を極秘に付加したせいか、じつに人間臭いふるまいをする。自由経済帝国をひきいるペルウェラ・グローヴ・ゴールはトヴァリのかつての女上司だ。おそらくヒルダを通じて、心ならずも〝への緒を切る〟ことになった自分の部下を意のままに動かし、監視しようと思ったのだろう。とはいえ、それがかれ自身にとっても非常に役にたつことは、これまで実証されてきた。

もしかしたら、ヒルダがアドバイスをくれるかもしれない。

あるいは、なぐさめの言葉を。

「聞いてるか、ヒルダ？」

「なんたる質問！」ポジトロニクスは吐き捨てるようにいった。「あなたが口に出してそうするなといわないかぎり、いつだって聞いていますす、モジャ」

思わず赤くなる。モジャというのは、アストラル漁師仲間がかれにつけたあだ名だ。もじゃもじゃの黒髪だからモジャ。だが、黒い髪も赤褐色の肌も象牙色《ぞうげ》の歯も淡紅色の爪も、すべては〝仮面〟にすぎない。正体をかくすため、分子生物学的処置をほどこしただけ。

いまではすべてが変わり、もう仮面も役にたたない。自分が出しゃばりすぎたばかりに、生涯はじめて予想もつかないリスクに巻きこまれてしまった。

しかし、その軽率さとあくなき大胆さがなかったら、アトランとイルナにも会えなかったじゃないか。かれは自分にそういいきかせた。

とはいえ、わずかななぐさめにしかならない。三角座銀河でふたたび見つけたイルナは死にかけている。イルナが死んだら、とてもアトランに会うことなどできそうにない。

「わたしのいまの状況をどう思う、ヒルダ？」と、さらに訊いた。

「絶望的ですが、深刻ではありません」ポジトロニクスがいつもの皮肉を飛ばす。「手近な惑星を見つければ、せめてしばらくは生きのびられるでしょう……助けを呼べるのなら、話はちがってきますが」

それはまったく考えていなかった。いま気づいたが、ハイパー通信アンテナのあるセクションも損傷を受けたはずだと、無意識に決めつけていたから。

ハイパーカムがどうなっているか、船載シントロンに照会してみた。シントロンとの通信エレメントは《バンシー》の全キャビンおよびシャフト内に装備されている。

「ハイパーカムは完全に故障しました」と、応答があった。「交換用ホワルゴニウム結晶がないと修理できません。ほかのシステムの結晶で代用することも可能ですが、そうすると船内機器の操作や船の操縦といった、べつの機能に影響が出てしまいます」

「宇宙空間のどまんなかでそんなことになったら、アウトだな」

「だったら、どこかに着陸すればいいじゃありませんか。船内機器がなくても生きのびられる場所に」ヒルダが口をはさんだ。

「そんな場所があるだろうか、シントロン？」と、トヴァリ。

「四十三光日はなれた宙域に小型赤色恒星がひとつあり、十二惑星がめぐっています」シントロンの答えだ。「酸素大気を持つのは第二惑星です。気温は平均で摂氏十五度、日中はほぼ二十四度になるでしょう。スペクトル分析の結果、大量の葉緑素をふくむ物質があると判明しました」

「植物だ！」トヴァリは歓喜した。「植物と温暖な気候と呼吸可能な空気！　パラダイス惑星じゃないか！」

それから、イルナのことを考えてうなだれる。

「だけどイルナにはなんのメリットもないよな、ヒルダ」

「あるかもしれませんよ」と、セランのポジトロニクス。「そこに着陸し、ハイパーカムを修理してもとどおり使えるようになれば、ＰＩＧかカルタン人に呼びかけて宇宙船を一隻よこしてもらい、バス＝テトのイルナをタフンに連れていけるでしょう」

「わずかにのこっていた彼女の命も、この騒ぎのあいだに消えかかっている」カマシュ人は意気消沈していた。「だが、ほかに可能性はない。シントロン、可及的すみやかにその惑星にコースをとれ！」

シントロンは命令を復唱したのち、《バンシー》を自動着陸させるかとたずねた。

「いや」と、トヴァリ。「わたしが自分でやる……着陸場所も自分で探す」

マスクのように硬直したイルナの顔をちらりと見て、つけくわえた。

「時がくるまで、わたしはここにいる」

*

その〝時〟がきたのは一時間半後だった。

ふたたびのハイパートロップ転極はうまくいき、ハイパー空間からのエネルギーがグラヴィトラフ貯蔵庫に十パーセントまで満たされる。

船載シントロンが《バンシー》のコースを定め、加速。わずかな超光速ファクターで小型赤色恒星までの四十三光日をこなし、通常空間に復帰したと知らせてきた。

カマシュ人は司令室に急ぐと、船長席にすわり、全周スクリーンを見つめた。そこにうつる映像は、シントロンが探知結果を処理したのち、人間の目で見えるようにしたものだ。

《バンシー》は惑星の九百キロメートル上空の軌道をめぐっていた。白い雲と青い空に均等におおわれたグリーンの世界だ。緑地が隙間なくひろがっていて、陸しか存在しないように見える。海はおろか、大きな川や湖すら見あたらない。

しかし、あの木々の下に小川や湿原がたくさんあるのはまちがいないと、トヴァリ・ロコシャンは思った。これほど豊かな植生は水をたっぷりふくんだ土地でしか育たないから。

「カマシュの原始時代もこんな感じだったはず」そうコメントしつつ、不安が高まるのを感じた。どうやって適当な着陸場所を探そうか。「この惑星の名はグリーンハウスにしよう。〝緑の家〟だ。で、恒星はレッドファイアだな。くそ、すこしでも木のない場所が見つかるといいんだが！」

「下にあるのは森ばかりではありません。びっしり絡み合った状態の水生植物も見られます。巨大な筏《いかだ》さながら、沼らしき水面に浮かんでいます」と、シントロンが報告。「この〝土台〟は厚みが平均で十五メートル、ひろさは二百五十平方キロメートル以上あるため、《バンシー》の重みに耐えられるかもしれません。破損個所から船内に水が入りこむこともないでしょう」

「だったら、そこで適当な場所を探してくれよ！」トヴァリはいらだちながら応じた。

「探知が完了しました。部分拡大映像をスクリーンの第七区分に投影します」

トヴァリは第七区分に視線を向けた。一見しただけでは、グリーンハウスのほかの場所とあまり変わらない。だが、シントロンが解像度をあげたところで目をよく凝《こ》らしてみると、そこの地表は数千平方キロメートルにわたり、数百のセグメントに分かれていた。分かれ目が不均一で間隔も詰まっているため、各セグメントのあいだに隙間はほとんど見えないが。

「あのいちばん大きな面に着陸するぞ。あれをラフトと名づけよう……〝筏〟という意味だ！」トゥヴァリはそういい、「わたしが手動でやる」

「自動操縦のほうがうまくいくと思いますが」シントロンが割りこむ。

「でも、手動ならソフトに着陸できる。イルナのことを考えると、そこが決め手だ」

プログラミングに軟着陸がないシントロンは反論しない。トゥヴァリはコグ船を手動操縦に切り替え、制動をかけた。惑星を周回しつづけながらつねに降下していき、最後にはラフトの上空にくるように、飛行データを調整しなおす。

コンソールのすべてを視界におさめて必要な操作をおこなうのは、かれにとってむずかしくはない。それが長いことルーチンワークだったのだから。それでも、今回は〝がくがくした〟システムの動きを何度も感じた。遅滞なく反応したかと思えば、いきなり船首からハミラー・ポイントが消え、側面にあらわれたりする。それが強度を増したときは、自分自身がメタグラヴ・ヴォーテックスに変わってしまいそうでおののいた。

しかし、そのたびに船の制御をとりもどしながら……シントロンも何度かこっそり手伝ったのではないかとトゥヴァリは疑ったが……とうとう《バンシー》は毛布のようなラフトの表面に、羽根のごとく軽《かろ》やかに着陸した。

メタグラヴの出力を絞り、反重力プロジェクターの強度をすこしずつあげていく。惑星グリーンハウスの重力は〇・七四Gだが、なんといってもコグ船は三百万トン近い質量があるのだ。万一、ラフトが沼底までしっかり達しておらず、実際に筏のごとく浮かんでいるだけだとしたら、反重力装置がないと沈んでしまう。《バンシー》がラフトの上でバランスをたもって静止したので、カマシュ人はほっとした。

ところが、その安堵は長くつづかなかった。数秒後、探知アラームが鳴ったのだ。

「三物体を探知しました。距離、一億一千万キロメートル。レッドファイアの方向からグリーンハウスをめざしてきます」すぐにシントロンが報告。「船体のシルエットとエネルギー・パターンから、ハウリ船である可能性がきわめて高いと思われます。《セトナル・メテム》と同タイプです」

「すべての妖怪の先祖にかけて！」カマシュ人は思わず叫んだ。「こっちも探知されたか、シントロン？」

「そうは考えられません。ただ、《セトナル・メテム》がこちらと戦って被害をこうむったと知らせていれば、おそらく《バンシー》を探しているでしょう。相手がグリーンハウスにあと数百万キロメートル近づいたなら、エネルギー探知されてしまいます。エネルギーを消費するすべての装置はただちに作動停止し、その他の放射源もオフにすることをおすすめします」

「了解」と、トヴァリ。「そうなったら船はラフトごと沈んでしまうが、しかたない。ま、いざとなったらべつの〝島〟に泳いでいけばいいさ」

しかし、そこであることに思いいたった。真っ青になり、手を震わせる。

「だがエネルギー供給を断てば、イルナの生命維持タンクにエネルギーが送られなくなる……たとえそうならなくても、ラフトごと《バンシー》が沈むさいにタンクにわずかな隙間ができれば、水に押し流されてしまう」

「死因をあげるのはひとつで充分です、モジャ」ヒルダが口をはさんだ。「だけど、三つめの可能性もありますよ。もしシントロンのすすめどおりにしなければ、ハウリ船の砲熕《ほうこう》兵器にやられて、あなたもイルナもおしまいです」

「わかっている」トヴァリはがっくりうなだれて、「それでもイルナを生命維持タンクから出して、どこかへ連れていくなんてできないだろう」

「もちろんです。まずその前に解凍しないと」ヒルダの返事だ。「急げばまだチャンスはあります。もしかしたらイルナも、タンクのなかで凍っているより新鮮な空気を吸ったほうが早く回復するかもしれません」

「まさか！」

「まったくありえない話ではないですよ。忘れないでください。イルナはアコン人ですが、サーレンゴルト人でもある。あなたも深淵の地でそういったじゃありませんか」

「たしかに！」と、トヴァリ。

「だったら、サーレンゴルト人の未知能力に望みをかけなさい、モジャ！」セランのポジトロニクスが叱りつける。「ほかにできることはありません。さ、急いで！」

「わかった！」カマシュ人は決然として応じた。「シントロン、船内の全システムをオフにしろ！　ただし、生命維持タンクのエネルギー供給はのぞいて。このスクラップが水に沈んだあと、解凍・覚醒に必要な最後のエネルギーがのこっているのを確認できしだい、わたしとダビデが自力でタンクを船から引きずりだす。浮力があるからなんとかなるだろう。あとのことは、運を天にまかせよう」

＊

《バンシー》の船内システムがほとんど作動停止し、反重力もきかなくなると、たちまちラフトは沈みはじめた。〇・七四Gという比較的低重力のもとでも、船の重さは二百二十万トンあるから。

トヴァリとダビデは貨物室に行き、生命維持タンクをメタルプラスティック製ザイルで固定した。自分たちのからだも、どこかにくくりつけておかないといけない。押しよせる水の勢いに巻きこまれて、壁や機器類の角に激突しないように。

当然だが、ロボットは完全に防水仕様だ。高い水圧にも耐えられる。トヴァリもセランを閉じているので問題ない。

それでも安全な状況とはいえなかった。大量の水が二方向から押しよせ、渦を巻いている。固定されていないものはすべて、見境いなく貨物室に流れこんでくる。それらがぶつかれば、セランの耐圧ヘルメットが壊れるか、装備パックが損傷するかもしれない。

「ハウリ船なんかブラックホールにのまれてしまえ！」トヴァリは悪態をつきながら片手で壁の支柱をつかみ、もう一方の手で流されてきた植物のもつれた塊りを押しのけた。「ルログ、わたしの声が聞こえたなら助けてくれ！」

だが、ロコシャン一族の守護神に声がとどいた気配はなかった。ルログも全能ではないということ。近ごろ宇宙のいたるところに出現するようになったプシオン発光を、すでに通過したのかもしれない。だから、能力もいくつか使えない状態なのだろう。

そのとき、石まじりの植物塊が大量に流れてきた。トヴァリは貨物室の床に押しつけられ、なにも見えなくなる。これも運命と受け入れるしかない。セランのパラトロン・バリアとグラヴォ・パックをオンにしたかったが、必死に自制した。

生命維持タンクは完全な放射防御仕様でないため、いまも解凍・覚醒装置がかなりのエネルギー放射源となっている。この状態はあと四十五分ほどつづくだろうが、これを作動停止するわけにはいかない。複雑かつ敏感な〝動物性の〟有機体を低体温深層睡眠から通常の生命機能状態にもどすのは、最新の技術的・医療的手段を用いてさえ、多大なエネルギーと時間を必要とするのだ。そうしなければ、なかでも中枢神経系にとりかえしのつかない障害が起きてしまう。

それでもカマシュ人は、探知される恐れはすくないと踏んでいた。第一に、宇宙空間までとどくのは生命維持タンクの放射の一部だから。第二に、ハウリ船と《バンシー》のあいだにはまだたっぷり一時間のあいだ、惑星の大質量が存在するから。

セランの外側マイクロフォンからごぼごぼ聞こえていた水音が、だんだんちいさくなってきた。どうやら沈没プロセスが終わりに近づいたらしい。

トヴァリはのしかかる植物から逃れようと、上に手をのばす。だが、それが成功したのは結局、ダビデがそばにきてロボットの力で手伝ったからだった。

「助かったよ！」と、到達範囲を最小限に絞ったヘルメット・テレカムで伝えた。「では、タンクのようすを見にいこう」

泳いでいくこともできたのだが、ロボットの腕にかかえられて生命維持タンクのところまで行った。

濁った水が船内に流れこんできていたため、かなりタンクに近づかないと装置の表示を読みとれない。

解凍・覚醒プロセスが最終段階に入っているのを確認し、トヴァリは安堵した。はじめの準備段階や温度上昇プロセスにくらべればそれほど多くのエネルギーを必要としないので、タンクの貯蔵庫に保管されているぶんでたりるはず。船内エネルギー供給システムとの接続は切りはなしても大丈夫だろう。

そうすれば、探知の危険もかなりすくなくなる。これほど弱い放射源を宇宙空間からキャッチできるのは、特殊な状況がいくつか重なったときだけだ。

「タンクを運びだすぞ、ダビデ！」

カマシュ人とロボットは、タンクを固定していたザイルをふたたびほどきはじめた。エネルギー手段で切断するわけにいかないため、ひと苦労だ。大型ロボットの協力がなければ、やってのけられなかっただろう。

爆発で貨物室の外壁に生じた開口部から生命維持タンクを外に出す作業は比較的かんたんだった。タンクのなかは空気が満ちているため、静止浮力が物体の重量をわずかに上まわるから。タンクは浮かんだばかりか、ゆっくり上昇していく。ダビデが自分の重みで相殺《そうさい》していなければ、貨物室の天井にぶつかったかもしれない。

船外に出ると、ロボットもトヴァリもヘルメット・ランプを点灯し、周囲を見わたした。

ランプの光芒が照らしだす景色は心躍るものではなかった。あちこちに散乱する《バンシー》のスクラップが押しよせる水に翻弄《ほんろう》されたため、ラフトは揺り動かされて押しつぶされたらしい。植物塊はいったん沼の底に沈んだあと、ふたたび船の上方に集まっていた。トヴァリとダビデの上に、厚み平均十五メートルの浮き島が二百五十平方キロメートルにわたってひろがっている格好だ。物理的な力では突破できそうにない。

「これじゃ無理だ。ラフトのはしっこまで行き、隣りの島との境い目を見つけてそこから上にあがるしかないな」トヴァリはそう決め、「ヒルダ、ハウリ船の探知をたのむ。ただし、パッシヴ探知だけだぞ！」

「わたしをなんだと思っているんです、モジャ？」セランのポジトロニクスが応じる。不機嫌な口調に聞こえた。「探知はネガティヴ」

「よし。じゃ、いちばん早く目的を達成するにはどっちの方向へ泳いでいけばいいか、教えてくれ！」

「東です。五キロメートルも進めばラフトのはしに着きます」

「そんなに距離があるのか」カマシュ人はうんざりした。すでにここまで大変な苦労をしてきたのに。「リスクをとろう。装備パックのパルセーター・エンジンを使う。さいわい、かつてのわが女ボスが部下のセランにそれを組み入れたんだ。すでに宇宙ハンザ時代の初頭には時代遅れだと敬遠されていたエンジンだがね……というわけで、きみもこれを使えるのさ、ヒルダ。古いモデルのほうが最新式より役にたつことは、ままあるもの。とにかく、パルセーターならグラヴォジェット・エンジンみたいに五次元エネルギーも出さないしな」

「そのかわり、燃焼室の核加熱現象によってかなりの通常エネルギーがまきちらされますが」ダビデが口をはさんだ。

「まぜっかえすんじゃない！」カマシュ人は反論する。

「だけど、ロボットのいうとおりですよ」ヒルダの声はむろんトヴァリにしか聞こえない。右耳の下にマイクロ受信機があるのだ。

「ぐだぐだ細かいことをいうな！」かれはヒルダを叱りつけた。「最終決断をロボットにまかせるわけにはいかん……もちろん、ポジトロニクスにも。これ以上よけいな口出しをせず、惑星近傍のパッシヴ探知に専念しろ！」

「おおせのとおりに、アストラル漁師！」ヒルダがつんつんして答える。

「よし、決まりだ！」カマシュ人はそういうと、パルセーター・エンジンのスイッチを入れた。

ダビデもそれにならう。こうして〝男ふたり〟はラフトの植物塊の下にひろがる濁った水のなかを、イルナの生命維持タンクとともに進んでいった。

二十分もするとラフトのはしに到着。まさにそのとき、セランのパッシヴ探知がハウリ船三隻のエネルギー・パターンをとらえたと、ヒルダが知らせてきた。三隻はひろく散開し、らせん軌道を描きながら惑星大気圏上空を移動しているらしい。

「上にあがるぞ！」と、トヴァリ。「水面上の植物ジャングルにもぐりこむ。ただしラフトではなく、その隣りの島をめざすんだ。ハウリ人がこちらの船を、たとえ作動不能でも見つけることを考えたら、そのほうがいいだろう」

パルセーター・エンジンをオフにする。ダビデが生命維持タンクの表面からはなれると、たちまちタンクが上昇した。ロボットはパルセーターを使って追いかけるはめになったが、出力は最小限に絞ってあるので、探知される危険はほとんどない。

それでも、トヴァリはダビデにパルセーターを切るよう指示した。三隻のうち、まんなかのハウリ船が、わずか百六十キロメートル上空に迫ってきたから。

それがふたたび地平線の向こうに見えなくなると、トヴァリとダビデは作業をつづけた。

……半時間後、水面上の島に到達。植物ジャングルのなかに生命維持タンクを運びこんだ。ラフトの隣りに浮かぶこの島を、カマシュ人はネイバーと名づけた。〝隣人〟という意味だ。

だが、これらの作業はグラヴォ・パックがなければ乗りきれなかった。水の外に出たら、タンクの浮力は失われるのだから。同じ理由から、ダビデとその主人はタンクをジャングルの奥に百メートルほどしか引っ張っていけなかった。

その後、あわててグラヴォ・パックをオフにする。惑星軌道を周回していたハウリ船が、二周めに入ったところでふたたび姿をあらわしたから。しかもこんどは大気圏内、上空わずか三十キロメートル地点にいる。

トヴァリはパニック寸前でイルナの再覚醒をコントロールした。それが完了したのを確認し、安堵する。

とはいえ、安堵したのは、もうタンクが散乱エネルギーを放射しないからハウリ人に探知されずにすむというだけで、これからタンクを開けなければならないのはまた別問題だ。生命維持システムが自動的にオフになれば、呼吸空気が再生されることもなくなるのだから、開けるしかない。イルナは異惑星の環境を自力で医学的に克服しなければならないのだ。そう考えると、あらたな不安がカマシュ人を襲った。

しかし、やるべきことをやる以外に選択肢はない。

かれは開閉メカニズムに触れた。タンクの上部が半分に分かれてスライドし、外側へと開く。この決定的瞬間、ヒルダが知らせてきた。

「ハウリ船が降下してきます！　着陸カプセルが射出されました！」

「ルログ、助けてくれ！」トヴァリは思わず口にする。

とはいえ、この嘆願が聞き入れられないことはわかっていたから、すぐに気持ちを切り替えた。ロボットに作動停止を命じ、自分の耐圧ヘルメットをうしろにはねあげる。ヘルメットが折りたたまれ、頸もとのリングに〝もぐりこむ〟と、生命維持タンクの縁に慎重に近づいた。

女アコン人の上に身を乗りだし、その顔をじっと見つめる。

いまもまだ眠っているようだ。しかし、ビロードみたいな褐色の肌が蠟のように白っぽくなっており、死の気配が感じられる。

カマシュ人はためらいつつ片手をのばし、手のひらでそっとイルナの額に触れた。

その瞬間、自分の大脳皮質の細胞間にあるかすかな神経が動いた気がして、思わず息を深く吸いこんだ。まるで、シナプスのあいだで音のない嵐が巻き起こるような感覚。

驚愕のあまり、急いで手を引っこめた。

髪の毛の付け根に受けた印象は消えたものの、大脳皮質の細胞間になにかが侵入してきた感覚はまだのこっている。

おのれの内に耳をすます。とうに忘れたと思っていた……いや、忘れるように自分で仕向けていた……昔の記憶が、意識のなかに浮かびあがってきた。

惑星カマシュの記憶が！

かれはある予感をおぼえた。自分はいま、イルナの奥深くに住む存在に触れただけでなく、惑星グリーンハウスの自然界にかくれているなにものかとコンタクトしたのだ。

そう考えると、あらたな希望が生まれ、心臓が喉もとまでせりあがってくるようだった。

「まだチャンスはあるぞ、イルナ！」トヴァリはささやき、ふたたびイルナの額に手を置いた……

4

数千年前の出来ごとが、まるできのうのことのようだ。

その昔……誇り高き惑星サーレンゴルトは燃えつき、夢見者の権力は打ち砕かれた。サーレンゴルト人は一万年以上の長きにわたり、ゼロ夢という武器を用いてナルツェシュ銀河を支配してきた。難攻不落の白い塔に守られながら、かれらは夢をみた。ゼロ夢のなかでその肉体から意識を分離し、時間のロスなく遠大な距離を行き来して、数かぎりない文明種族や無数の惑星・星系・銀河の運命を、夢のなかで支配してきた。

サーレンゴルト人が肉体のない意識となってまず征服したのは、自分たちの銀河だ。一定の進化段階に到達した知性体種族の住むところならどこにでも出没し、その進化が自分たちにとって好ましい方向へ進むよう、あやつった。

やがて、はてしなく見える銀河間の虚無空間を計測しつくし、近隣銀河や銀河群まで調査を終えたのち、かれらはあらたな目標を設定することにした。サーレンゴルト人の戦う相手として不足のない、強大かつ知性の高い敵は、もはやナルツェシュ銀河には存在しなかったから。

　そう考えると、ゼロ夢見者たちは居ても立ってもいられない。何十億という意識が、夢のなかで銀河間の奈落を横断し、近隣にある〝青の銀河〟を自分たちの帝国に併合するという目標が決まった。

　青の銀河を支配していたのはウィ＝ン種族である。ウィ＝ンは数百年にわたる銀河間戦争によって歴戦のつわものとなっており、夢見者のような手ごわい相手さえ凌駕《りょうが》するほどの戦闘技術を有していた。だが、サーレンゴルト人がそれを知ったときは、すでに遅すぎた。

　ウィ＝ンは青の銀河いたるところに防塁を築き、そこに〝番人〟を置いていた。ひとえに戦争目的で建造されプログラミングされた巨大ロボットだ。青の銀河ハロー部も、銀河平面の辺縁も、渦状肢の先端も、渦状平面のすぐ上や下も、すべて番人が見張っていたのである。

　サーレンゴルトの侵略部隊は番人に発見され、一隻のこらず破壊された。宇宙船内で青の銀河を征服する夢をみていた夢見者の男女も、すべて死んだ。

　ナルツェシュ銀河では、侵略部隊に参加しない夢見者たちが塔内で夢をみていた。ナルツェシュの被支配種族に対し、夢のなかで力をおよぼしつづける必要があったから。

　そんななかれらのあいだに、部隊壊滅の知らせは驚愕をもってひろがっていく。

そして、のこされた夢見者たちがもっとも恐れていたことが起きた。

ウィ＝ンが絶大な戦力をもって攻撃してきたのである。

敵の偵察艦隊がイナゴの群れのごとく、ナルツェシュ銀河に襲いかかった。重武装の高速宇宙船が数百万隻だ。ウィ＝ンの持つ技術にかかれば、銀河群に存在するいずれの戦闘艦も、たんなる射撃の的にすぎなかった。

巨大艦隊はまず、サーレンゴルトの衛星国家を殲滅した。仮借なき残忍さであらゆる抵抗を打ち砕き、やがてサーレンゴルトの空にあらわれる。

空は四日のあいだ、無数の宇宙船で昼も夜も暗くなった。物質と反物質という、永遠に相いいれないものを使った炎の絨毯《じゅうたん》が惑星を焼きつくし、なにもかも灰になった。わずかな生命のシュプールもすべて、強力ビームによって消滅した。

のこったのは夢見者の白い塔と、そのなかにいた数名のサーレンゴルト人のみ。かれらのはげしい抵抗を受け、無敵のウィ＝ン艦隊は深刻な打撃をこうむった。

さしものウィ＝ンにとっても、白い塔の守りは強固だったのである。難攻不落の要塞に、非常に手こずらされた。

だが、ウィ＝ンには経験と技術手段があった。はばかりなく超能力を投入することで数千もの惑星を支配下においていたから、従属する奴隷生物も無数にいた。

ウィ＝ンはそれらを使い、塔を牢獄に変えた。そこに眠る夢見者たちを、未来永劫、はじまりも終わりもない悪夢のなかに縛りつけることにしたのだ。

赤と白の目に似た連星が、くりかえし消えてはあらわれる。むらさき色の空のもと、塔のごとく積み重なった白い骨が何度も燃えあがり、灰が隙間なく惑星をおおいつくす……

そんな悪夢はますますひどくなり、サーレンゴルト人は狂気におちいった。そうならなかった者はわずかしかいない。ただ、この悪夢が破られたことが二度ある。

一度めは、古い種族の最後の一員、ネガスフィアの支配者があらわれたとき。かれはふつうの存在にはできないやりかたで、虚無からあらわれた。太古からの計画と強大な力を持って。

その力を使えば、白い塔に侵入するのも、まだ理性をたもっている数すくないサーレンゴルト人をウィ＝ンの悪夢監獄から解放するのも、たやすいことだった。

だがネガスフィアの支配者は、私心なくそうしたわけではない。おのれの支配下にあるエレメントの十戒が、新しい指揮エレメントを必要としていたのだ。最後の指揮エレメントが正気を失ってしまったから。

ネガスフィアの支配者にとり、ゼロ夢見者は理想的な後継の指揮エレメントになると思われた。かれは一サーレンゴルト人を選び、こう申しでた。自分のいうことを聞けば、その報酬として悪夢の呪縛から解放するのみならず、ウィ＝ンに復讐するチャンスをやると。さらに、混沌の勢力にきちんと仕えるならば、永遠の命をあたえると。

サーレンゴルト人はすぐには答えなかった。この取引に応じれば、悪魔に魂を売りわたすことになる気がしたのだ。

それでも結局、悪夢の牢獄で露命をつなぐ希望のない日々にもどる恐怖のほうが、魂を売りわたす恐ろしさを上まわる。

かれは牢獄の外に一歩を踏みだしたとたん、おのれがネガスフィアの支配者の道具になりさがったとわかった。自分の意志はなにひとつ認められず、なにかを決めることも許されなかった。

ただひとつをのぞいて。

かれにあたえられたものは、それだけだった。ネガスフィアの支配者はかれの自我と過去を奪うかわりに、新しい自分を決めるあらたな名前を好きに選んでいいといった。

そこでかれは、夢見者カッツェンカットと名乗ることにした。

これはサーレンゴルト語だ。かれの種族がまだ、夢のなかでの会話でなく音声手段で意思疎通していたころ、この言語を使っていた。

カッツェンカットは、サーレンゴルト語で〝われは死なず〟という意味である。

こうしてネガスフィアの支配者はカッツェンカットをサーレンゴルトから虚無世界へ、そこからエレメントの十戒の基地へと連れていった。

サーレンゴルトではこの出来ごとに気づいた者も、夢でみたり実際に目撃したりした者も、だれひとりいないようだった。

だが、そうではなかったのだ。

彼女はすこしのあいだ、永遠にくりかえされる悪夢から抜けだした。そして、なかば夢をみたまま、かのサーレンゴルト人に起きたことをわが身をもって体験した。

それはひとえに、かれと彼女のあいだにある、不吉なほど強固な感情の結びつきがなせるものであった。かれらがまったく同じ時間に誕生したために生まれた絆《きずな》である。

というのも、かれらは姉弟……二卵性双生児だから。

だがネガスフィアの支配者が弟を虚無世界に連れ去ったとき、この絆は断ち切られた。カッツェンカットの姉は必死で白い塔を抜けだそうとした。弟がどこへ行ったのかわからないが、とにかく追いかけたくて。しかし、牢獄に縛りつけられているのでかなわない。しばらくすると、ふたたび終わりなき恐ろしい悪夢に絡めとられ、正気を脅かされた。

それから数千年たったある日のこと。遺伝子同盟のエージェントたちがサーレンゴルトにやってきて、彼女の夢のなかに侵入し、その奥深くにある思考や感情を探った。そして、カッツェンカットの姉を自分たちの道具にすると決めたのである。

彼女に弟を探しださせ、殺させるために。

これはもうずいぶん前の話である。

それでも数千年前の出来ごとが、まるできのうのことのようだ。

そして、いま……

＊

その昔。

いつのことだったか、女ガイア人のナシャラティ・ボシャイグンは、秘密結社ゲンペン兄弟団への潜入作戦に参加した。この集団は当時、銀河系の多くの宙域であらゆる産業部門を崩壊に追いやり、宇宙航行文明のあいだに数々の争いの種をまいていた。

このナシャラティ・ボシャイグンの正体が、バス＝テトのイルナだ。アコン人貴族のなかでも上流であるバス＝テト家の歴史は、アコン国家の設立時にまでさかのぼる。偉大な政治家、戦功めざましい宇宙軍将校や戦闘司令官、外交官や植民地開拓者といった多くの傑出した人物がバス＝テト家から出ていた。すでにレムール帝国の全盛期には、バス＝テト一族は重要なポストについていたといわれる……かれらの始祖はおそらく、タケル人が太古の地球人類や拉致したガンヤス人を使って違法な遺伝子実験をし、レムール人種族をつくりだした二十万年前よりも、もっと古いはずだ。

バス＝テトのイルナの職務もまた、アコン人種族に多大な利益をもたらすものだった。

彼女はアコンの秘密情報機関エネルギー・コマンドに籍をおき、長年にわたる集中教育と実地訓練をへて、エリート工作員にのぼりつめたのである。

その任務で惑星ガイアの技術伝達調整係、ナシャラティ・ボシャイグンの仮面をつけて活動していたのだ。NGZ四二八年、彼女は暗黒星雲プロヴコン・ファウストにあるガイアから、グルウムという名の小型球状星団に飛んだ。宇宙ハンザの星図カタログにはNGC7006と記されている。そこに向かったのは、あるハンザ・スペシャリストの手引きで秘密結社ゲンペン兄弟団に潜入するためだ。

アコン人とテラナーがこのように緊密に協力してことにあたるなど、数百年前には考えられなかった。ずっと以前は両種族とも、とりわけ諜報活動において反目し合っていたから。しかし宇宙ハンザの時代になると、科学・技術・文化の面で相互依存と相互理解が進み、両者のあいだに友情のようなものが育《はぐく》まれていた。

イルナは機敏な高性能宇宙船《ミナモト》を……テラの日本にちなむ船名は、実在のボシャイグン家の慣例だ……操縦し、ハンザ・スペシャリストの男が暗号通信で指定してきた座標に到達した。男の名はエズラ・ヴァン・アーレン。かれを待つあいだ、かくれ場にしている赤く輝く星雲を船のパッシヴ探知で探る。対方位探知機能のついた特殊アクティヴ探知システムも、いくらか使いながら。

だが、技術システムを使って探るだけではなく、精神の力も投入した。多少だが、彼女はそういった超能力を持っている。おそらくガンヤス人の遺伝素質が一族に受け継がれているせいだろう。

イルナがバス＝テト家の歴史を追ってみたかぎり、以前にそうした能力が顕現したことはない。彼女自身にしても、幼少期や若いころには、この遺伝素質が自分のなかに眠っているとは思いもしなかった。工作員となり、ある任務に従事していて危機的状況が生じたとき、はじめてこの素質が殻を破ってあらわれたのだ。自分に敵対する者の意識に宿る六次元エネルギー定数を方位探知し、その敵が南からくると見せかけてじつは東から近づいてくるのを突きとめたのである。

おかげでそのときは命びろいした。

アコン人エネルギー・コマンドはつねに裏切りや陰謀を予測しなくてはならない。それらから身を守るために、こんどもこの能力を使ってみた。

だが、疑わしきものはなにもない。イルナのパラ感覚がとどくかぎりでは、敵と思われる相手のÜBSEF定数には出くわさなかった。正確にいうと、高度に発展した知性体の意識にのみ宿るハイパーセクスタ・モジュールパラ放射を、どこにも発見できなかったということ。これでかなり安堵した。

その後、ようやくエズラ・ヴァン・アーレンからの暗号メッセージがハイパーカムでとどき、さらに安堵感が強まる。

メッセージはイルナに、球状星団辺縁部の一星系をめざすよう指示していた。彼女は躊躇《ちゅうちょ》せずそこに向かったものの、慎重さは捨てない。かくれた敵がこちらを観察しているかもしれないと考えて、まっすぐ目的地には飛ばず、攪乱のため何度か急転回した。ひょっとしたら、敵を捕らえることもできるかもしれない。

目標星系に着いても注意深く行動した。小型青色恒星のすぐ近くで《ミナモト》を通常空間に復帰させ、恒星のコロナのなかに数時間とどまってあたりを探知する。

超能力も投入したが、探知システムを使った結果と同じく、たいしたものはキャッチできなかった……ただひとつをのぞいて。

名もなき青色恒星をめぐる第二惑星のジャングル世界にひとつだけ、ÜBSEF定数があった。イルナの特殊能力は微々たるものだが、それでもこのÜBSEF定数の持ち主の意識が邪悪でないことはわかる。彼女はテレパスではないから、テレパシーによるものではない。いわば、他者の存在をキャッチすることで得られる感情振動というか、共鳴のようなものだ。

イルナは安心して《ミナモト》を恒星のコロナから出し、第二惑星に向かった。ハンザ・スペシャリストとの待ち合わせ場所である谷底に着陸する。

安心したとはいえ、やはり注意はおこたらない。これは教育を通して身についた姿勢であり、実地訓練によってからだにしみこんだものだ。コンタクト相手が《ミナモト》の着陸を探知したのはまちがいないので、そのまま待つことはせずに下船した。大きく迂回してジャングルを抜け、相手の船に近づいていく。

だが、エズラ・ヴァン・アーレンのほうも古きよきUSO方式の教育をおさめており、あらゆる種類の単独作戦で経験を積んでいる。したがって、かれもまた船にとどまって待つことも、アコン人の着陸場所にまっすぐ向かうこともせず、ジャングルをめざした。おそらく相手がとっただろうと思われる道を進む。

そういうわけで、秘密工作員ふたりはジャングルのどまんなかで出会うことになった。出会う前はどちらも、二頭のトラが近よるごとく忍び足だったのだが。

ふたりの出会いはたがいへの敬意に満ちたものだった。注意深い態度は変わらないとしても。

とにかく、すべては計画どおりに思えた。エズラ・ヴァン・アーレンはNGC7006にあるゲンペン兄弟団の秘密基地をひそかに調査していた。自由テラナー連盟宇宙軍のもと指揮官の仮面をつけ、確固不動のつくり話を引っさげて。その内容は、宇宙軍の敗残兵をひきいたのちに自由交易惑星レプソで麻薬商人となり、次は地下政府の闇取引に乗りだすつもりだというもの。いまでは兄弟団の幹部と商売の話をするまでになっていた。

エズラはかれらに、ナシャラティ・ボシャイグンという女ガイア人と知り合った話をしたという。技術伝達調整係という彼女の立場を利用すれば、禁輸あつかいのハイテク兵器システムを違法に入手できる……そう持ちかけて。自分はナシャラティ・ボシャイグンと組んでゲンペン兄弟団と大々的に取引したい、そのためのコネクションをつくりたい、と希望を述べたそうだ。

そして、ポジティヴな感触を得たと報告した。

イルナは当然、エズラがゲンペン兄弟団の秘密基地でやりとりしている種族の名前を知りたいと思った。どういう種族なのかについては、これまで情報がなかったから。

かれの話によれば、相手はヒューマノイドだそうだ……すくなくとも、秘密基地にいる者に関しては。とにかく、見た目は驚くほど人間に似ているらしい。淡褐色の肌、ほっそりした鉤鼻。男は多くがアスリート体形で、角張ったきびしい顔つき、直毛の黒髪をしている。女は背の高さは同じくらいだが、からだつきは男より華奢《きゃしゃ》で、髪の色は流れる銅のようだという。

それ以上はエズラにもわからないらしい。カムフラージュしたマイクロゾンデをつけているため、ふつうなら心臓、肺、肋骨、肝臓、脳といった臓器がすべて、レントゲンを撮ったようにマイクロフィルムにうつるのだが。

今回もゾンデを使ったところ、フィルムが使用不能になり、なにもうつらなかったそうだ……ただ、兄弟団のうち二名に関しては肝臓のかたちや大きさが、ヒューマノイドによくあるものとは異なっていたらしい。

エズラはなにも疑っていないようだが、イルナはそれを聞いたとたん、耳をそばだてた。以前、家族の遠い歴史を調べたさいに見つけたなにかを思いだしたのだ。

その記憶が意識のなかで具体的なかたちになるより早く、訓練と経験によって研ぎすまされた本能が危険を知らせてきた。

「だまされたわ！」イルナはエズラ・ヴァン・アーレンに向かって叫んだ。「われわれ、ふたりとも陰険な罠にはまったのよ。これまであらゆる秘密組織において知性体がほかの者をはめるのに使ったなかでも、いちばん卑劣な罠のひとつに！」

エズラは最初、意味がわからなかった。ただ、イルナの考えが自分よりずっと先をいっているのは感じる。彼女のいうとおりにしたほうが賢明だろう。

ふたりはイルナのグラヴォ・パックを使い、可及的すみやかに《ミナモト》にもどることにした。緊急スタートでジャングル惑星を去れば、罠から逃れられるかもしれない。宇宙空間に出たら、エズラはすぐに自分の船をコマンド機器で遠隔操作し、破壊するつもりだった。

《ミナモト》に到着。ところが、敵はふたりに罠から逃れるチャンスをあたえはしなかった。

イルナが気づいたのは、信じがたいほど強力な異意識がいきなり意識のなかに侵入し、自分の人格におおいかぶさってきたことだけ。

異意識に呪縛されたまま、エズラ・ヴァン・アーレンが知性体に撃ち殺されるのをただ傍観するしかなかった。その知性体は、イルナの一族がはるか昔、その遺伝子の一部を受け継いだ種族のメンバーだ。それを彼女は本能的に知った。

イルナは自分を掌握《しょうあく》した未知者の言葉から、ゲンペン兄弟団というのが偽名にすぎないことを聞きとった。かれらの正体は、グルエルフィン種族の敗残者たちがいつかどこかで設立した恐ろしく強大な組織、遺伝子同盟だったのである……

5

バス＝テトのイルナの体内に、生命がもどろうとしている。トヴァリ・ロコシャンはそれを、サイココピイストの祖先パトゥリ・ロコシャンが持っていた能力によって感じた。ただし、トヴァリのそれはなかば埋もれて変質しているが。

かれはこの能力を遺伝的に持つわけではなかった。多少そのなごりを受け継いだにすぎず、すべてのカマシュ人が数世代にわたって獲得してきた能力とさして変わらない。ただ、そのおかげで、惑星じゅうにひろがる動植物と人類からなる共同体知性のなかでも優勢因子になれたのだ。だからといって、共同体を超越するわけではなかったが。

ペルウェラ・グローヴ・ゴールの自由経済帝国で有能なアストラル漁師だったのも、おそらくこの能力によるものだろう。

当時の経験やペルウェラのことを思いだすと、ノスタルジックな気分で胸が痛くなる。だが、その思いを押しのけ、アトランとの友情にもとづく義務にふたたび集中した。かならずバス＝テトのイルナを見つけだし、連れて帰ると約束したのだ。

生死はともかく、見つけだすことはできた。しかし、アトランのもとへ連れて帰れるとはとても思えない。いま、イルナとトヴァリはジャングル惑星で難船者となり、ハウリ人に追われている。かれらは自分たちを永久に葬り去ろうとしているようだ。理由は不明だが。

〝人間的〟判断によれば、ここは絶対に文明世界への回帰などありえない惑星だ。そんなところまで追ってくるからには、なにか非常に強い動機があるにちがいない。

一族の守護神がいないのを非常に心細く感じた。かつてはそれから逃げるため、局部銀河群の果てまで行ったというのに、いまは心の底からルログを必要としている。

かれは生命維持タンクの縁から頭をもたげ、ジャングルのようすをうかがった。グリーンがかった夕暮れの恒星光が、樹冠の下で赤く変色して見える。

樹冠の上には視界がとどかないため、ハウリ人のカプセルはどこにも見えない。それでもおそらく、カプセルの大部分は着陸したはずだ。すでに重武装のハウリ人が逃亡者にとどめを刺そうとして、ジャングルを歩きまわっているだろう。

トヴァリはさっき感じた惑星の謎めいた力とコンタクトしようと考え、精神集中した。

〈きみたちと話したい！〉必死でそう思考する。

だが、共鳴する声は聞こえない。

何度も何度もくりかえすが、成果はなかった。ところがしばらくすると、生命維持タンクの周囲で木々が密になった気がした。枝葉や幹のあいだに見える影も、さっきより濃くなったようだ。あらゆる方向から同時に、冷たい脅威の気配が忍びよってくる。

そのときわかった。惑星グリーンハウスの自然界は、自分を侵入者であり敵だとみなしているのだ。その理由も同時にわかった。結局のところ、自分は《バンシー》の着陸によって看過できない被害をもたらしたのである。反重力装置をふくめた船載システムをオフにしたさい、その被害はさらにひろがった。

ハウリ人に捕まる前に、自分もイルナもグリーンハウスに殺されるかもしれない。

トヴァリの目はらんらんと燃えた。

いざとなったら、おのれの命をかけてイルナを守ろう。

だが、女アコン人の意識がもどらず瀕死状態のままでは、それも望み薄だ。イルナの宇宙服はセランと似ているのでサイバー・ドクターに匹敵する機能があるはずだが、負傷の程度がひどいため、治療できないのだろう。

しかも、解凍・再覚醒プログラムが終わったあと、タンクの生命維持システムは停止していた。再覚醒が実際うまくいかなかったとしても、考慮しないから。

トヴァリは彼女の額に置いていた手を引っこめた。

こんなことをしても、イルナの負傷がどの程度ひどいのか、わかるわけではない。それを知りたければ、小型透視装置を使うしかないのだ。ただ困るのは、コンビネーションごしでは装置の放射がとどかないこと。これはセランにも共通する特性だ。つまり、彼女の体内を透視するには服を脱がせる必要がある。

このジレンマを解決することは不可能だったかもしれない……もしも、惑星の自然が生命維持タンクへの包囲網をじわじわ縮めてこなかったなら。そして、はるか遠くから信号ロケットの笛のような音と、ブラスターの発射音が聞こえなかったなら。

いまや、すばやい行動がもとめられる。

それでもイルナのコンビネーションを脱がせるときは、気まずさのあまり悪戦苦闘した。白いぴったりした下着が女らしい体形を、かくすどころか強調している。見るつもりはなくても目に入ってしまう。

「こんなこと、アトランにはいえないな」ひとりごちつつ、彼女のからだの表面に透視装置を当てた。

次の瞬間、トヴァリは身が縮みあがった気がした。観察画面にうつるのは、人間が視認できるようにピココンピュータが処理したイルナの体内映像だが、驚いたことに内臓がすべて崩れている。肝臓、脾臓、腸、膵臓、胃、肺、心臓、甲状腺……なにもかも、まるでマイクロ波で焼かれたように燃えつきていた。

外見は傷ひとつないのに、こんなひどい損傷を受けるとは、いったいどれほど残忍な武器が使われたのか。かれにはわからない。わかるのは、このダメージがまちがいなく死につながることだけだ。

あらゆる人類および、人類と似た有機体にとって。

この状態でイルナが生きているとは、信じがたい。

しばらくして、かれはさらに信じがたい事実に気づいた……ダメージを受けた彼女の臓器が腐敗していないのだ。それどころか、死んだ臓器が新しいものに置き換わりはじめているではないか。

「信じられない！」と、ささやいた。「これほどすごい治癒力、とてつもない再生能力は、下等生物においても見たことがない。まして特殊化された細胞組織からなる高等生物で、こんなことが起きるとは！」

たちまち希望がもどってくる。イルナはよみがえるかもしれない。

かれは震える手で彼女のコンビネーションをもとどおりにした。それから自分のセランのポジトロニクスをイルナのコンビネーションのピココンピュータと接続し、彼女のサイバー・ドクターの診断結果を転送させる。

それによると、数時間前よりは死の危険から遠ざかったようだ。だが、まだ峠をこえたとはいえない。臓器の再生はとてもゆっくり進むため、生命維持に必要な働きを満足におこなえていないのだ。おそらく、不要物を解毒できずに、組織が傷ついているのだろう。

もう一度生命維持タンクを閉じて作動させれば、話はべつだが。低体温深層睡眠に入れば、臓器の再生が終わるまで、生命維持に必要な機能を装置が肩がわりするから。

しかし、それは不可能だ。

タンクの貯蔵庫にはもう、ほとんどエネルギーがない。せいぜいイルナのからだを冷やすくらいで、深層睡眠に入らせることはできない。生命維持に必要な臓器の肩がわりなど、いうまでもなく無理な相談だ。

それができるとすれば、《バンシー》のエネルギー貯蔵庫だろう。

だが、あのスクラップはすでにハウリ人に発見され、捕獲されたはず。もしかしたら自分もダビデもタンクも、飛翔装置を使ったときに探知されたかもしれない。そうなれば、イルナはこちらがなにもしなくても、すみやかな死を迎えてしまう。

いや、ほかの展開も考えられる。

ハウリ人に発見される前に、ジャングルに閉じこめられて窒息させられるかもしれないのだ……

6

数千年前の出来ごとが、まるできのうのことのようだ。

遺伝子同盟のエージェントたちはしぶとかった。かれらはネガスフィアの支配者が使うような特殊手段を持たないため、カッツェンカットの姉が眠っている白い塔に侵入することはできない。

そこで、べつの手段を投入することにした。

そのひとつが、分子生物学と遺伝子技術から発展した人工生物学である。この科学は遺伝子同盟によって完成の域に達していた。物質の泉の此岸に住む生命体ができるかぎりにおいて、ということだが。

とにかく、かれらは生物の設計図を書き、それを〝こしらえた〟のだ。その被造物が数千年後、悪夢の牢獄を破ることになる。そこではカッツェンカットの姉が弟との別れを悲しみ、夢のなかで願いをかなえていた。

彼女がどんな夢をみていようと、遺伝子同盟のエージェントたちには関係なかった。

かれらにとり重要なのは、女サーレンゴルト人の形状を変えてプログラミングし、カッツェンカットに接近しても姉と気づかれないようにカムフラージュすることだけ。接近させ、のちに殺させるつもりでいた。

かれらがなぜカッツェンカットを亡《な》き者にしたかったのか、それはわからない。もしかしたら、エレメントの十戒に関係があるのかもしれない。エレメントを指揮するカッツェンカットはネガスフィアの支配者に仕えている。だから、かれを殺せば混沌の勢力の勢いをそぐことができる、あるいは自分たちの制御下におけると考えたのか。

なんにせよ、かれらの容赦ないやりかたを見れば、よからぬ目的を持っていたことがわかるというもの。

自分たちのこしらえた被造物がカッツェンカットの姉を塔から連れだすと、かれらはその被造物を殺し、女サーレンゴルト人の意識を金属にうつした。肉体は融解させて、任意のかたちに成形できる物質にした。

それがNGZ四二八年のこと。バス＝テトのイルナが遺伝子同盟のエージェントの罠にはまったのと同じ年だ……

＊

カムフラージュされて武器となったカッツェンカットの姉が、バス＝テトのイルナの運命を変えることになる。

女アコン人の意識に入りこんでその人格におおいかぶさり、肉体を支配したのは、ペドトランスファーだった。彼女の意識はわずかのあいだ、その存在からふたたび解放された。

このわずかな時間に、遺伝子同盟のエージェントはイルナの意識を金属にうつし、彼女の肉体を融解させて任意のかたちに成形できる物質にした。

天才遺伝子技術者たちが次にとりかかったのは、アコン人とサーレンゴルト人の細胞物質を選別して、ひとつの肉体を〝つくりあげる〟作業だ。ふたつの要素が溶け合って、最高の被造物が誕生した。これは人工生物ではない。異なるふたつのからだが融合したとはいえ、すべて自然に成長し成熟した構成物質からなるのだから。

だが、サーレンゴルト人の要素は表にはあらわれない。ゆえに融合体は、もともとバス＝テトのイルナがかつて持っていた肉体とほぼ同一だった。有糸分裂放射まで、オリジナルのイルナと一致している。カッツェンカットの姉には完璧なカムフラージュが必要なのだから、当然だが。

その後、融合体に女ふたりの意識がうつされた……それぞれのÜBSEF定数もいっしょに。ふたつの意識もまた溶け合い、最高にうまく調和した。新しいからだは、彼女たちの以前のからだの〝よりすぐった〟部分だけを組み合わせてつくられている。だから必然的に、それぞれの生体の細胞オーラがフィードバック・プロセスのなかで、相手の意識に影響をあたえるのだ。

こうした前提があったため、カッツェンカットの姉とバス＝テトのイルナのÜBSEF定数はハイパー物理学的に一体化したのみならず、ひとりの人物のÜBSEF定数としてキャッチされるようになる。

バス＝テトのイルナのÜBSEF定数として！

だが、これも遺伝子同盟のエージェントがあらかじめプログラミングしたことだ。アコン人のÜBSEF定数がサーレンゴルト人のそれを完全におおいつくし、外見のみならず感情もイルナのものとならないかぎり、カッツェンカットの姉が弟に気づかれずに近づくことはできないから。

遺伝子同盟は完璧な殺人兵器をこしらえたということ。

それでもかれらは成功しなかった。高度に発展した知的生物ふたりの融合体が、いくつか特異能力を持つにいたったから。いずれも、それぞれが独立した存在だったときは見られない能力だった……どこかにそうした遺伝因子が眠っており、どれほど注意して調べても発見できなかったというなら話はべつだが。

とにかく、その特異能力はイルナとサーレンゴルト人が融合したのちにそなわったものであり、それによって遺伝子同盟の追跡を逃れることができたのだ。

ふたりの結合細胞が得た能力は、とうに姿を消した〝強者〟……コスモクラートのかつての代理人で〝時間超越者〟とも呼ばれた……の特質と共通する。

細胞は相対的不死となっただけでなく、卓越した自己治癒力、すなわち信じがたい再生能力を手に入れた。たとえ肉体がひどく損傷されても、ふたたびもとの姿をとりもどすことができる。

おまけに、共同体生物はカピンのようなペドトランスファーラーになった。しかも、その能力はより進化している。カピンの場合とちがい、他者の肉体を〝乗っとった〟あとも自分のからだが安定した状態でのこるのだから。また、六次元性のパラ力も獲得したため、ペドトランスファーにくわえてゼロ夢をみることもできる。両方の能力をあわせ持ったうえで、それを強めて使えるようになったのだ。たとえばペドトランスファーのさい、カピンだと数キロメートルだった照準を、数光年先に合わせることも可能だ。

共同体生物はこの能力を使って遺伝子同盟のエージェントから逃れ、宇宙の五次元ネットのなかにかくれた。それから必死でカッツェンカットを探しはじめた。暗黒エレメントの脅威について警告するために。

ところが、あとでわかったとおり、暗黒エレメントのほうが圧倒的に有利な立場だった。カッツェンカットは最悪の敵テラナーを殲滅して自身の敗北をまぬがれようと、みずから暗黒エレメントを呼びよせたのだ。

その恐ろしさは、カッツェンカットもよくわかっていた。ネガスフィアの支配者が、かつてこう警告したことがあったから。

〝暗黒エレメントは、宇宙が若く荒々しく奔放だった時代に由来する。宇宙創造プログラミングよりも前、最初の秩序ある構造が生じるよりも前の時代だ。その時代には生も死も、秩序も混沌もなかった。存在したのは、はてしない原状態の宇宙という現存のみ。この原状態を創造プログラミングが消し去ったのだ。だが、いくつもの時代をへてモラルコードが損傷し、宇宙の一部が徐々にもとの姿へと逆もどりしはじめたとき、ネガスフィアの最下層で暗黒エレメントが生まれた……〟

暗黒エレメントはテラに敗北を喫したのだが、後退するさい、カッツェンカットを連れ去った。もどることのできない場所へ。

共同体生物のほうはそのすこし前、冷気エレメントの解きはなつ力によって非実体化し、インパルスとなって深淵の地に送られていた。実体のない存在だったが、ガラス迷宮とヴァジェンダ王冠のおかげで自分たちのÜBSEF定数を見つけ、ふたたびもとの肉体をまとうことができた。

ただ、このときは肉体も精神も完全に女アコン人のものになっていたため、あらたに生まれた生物はバス＝テトのイルナその人といってよかった。カッツェンカットの姉がまだ存在するとしても、それはイルナの精神の影にすぎない。

深淵の地においてイルナの運命は決するかに見えた。彼女は深淵の三騎士および星間放浪者ひとりを救ったのだ。アトラン、ジェン・サリク、テングリ・レトスの三名と、ギフィ・マローダーという名のアストラル漁師である。

イルナとアトランはたちまち恋に落ち、生涯をともにしようと誓った。

しかし、幸福な時はほんのわずかしかつづかず、ふたりは別れを余儀なくされる。アルコン人には深淵の地にある光の地平に向かうという責務があった。トリイクル9を救って宇宙のモラルコードを修復するために。

だが、バス＝テトのイルナが同行することはかなわなかった。たとえわずかな影でもサーレンゴルト人が宿っているかぎり、光の地平の六次元要素は致命的に作用するから。イルナといっしょにいたら、アトランも死んでしまう。

こうしてアトランもイルナも、宇宙の未来のために多大な犠牲をはらったのだった。それでも、つねに心はともにある。たとえ、とてつもない奈落がふたりを隔てても。

当時イルナを深淵の地から通常宇宙に連れ帰ったのが、ギフィ・マローダーことトヴァリ・ロコシャンだ。かれはみずからに誓った……かならずイルナとアトランを、ふたたび引き合わせると。

7

NGZ四四七年八月……

トヴァリ・ロコシャンは女アコン人の上におおいかぶさった。ジャングルのどこからか、植物の蔓が一本、すばやくのびてきたのだ。蔓はダビデに巻きつくと、ロボットをどこかに連れ去った。

「ダビデを作動させろ、ヒルダ！」と、セランのポジトロニクスにささやいた。

「作動インパルスを送りました」ヒルダが応じる。

まばゆい閃光がジャングルの暗闇を切り裂いた。ビームの跡が樹冠までななめ上にはしり、蒸気と煙がもうもうとあがる。

木の幹や下草のあいだのどこかに動きがあった。そこでは植生が密になっているようだ。大枝や小枝がばきばき折れ、轟音《ごうおん》とともに地面に落ちてくる。と、蔓が金属にぶちあたる音がした。

「ダビデ？」カマシュ人は通信で呼びかけた。

ロボットは応答しない。さっきまで派手な音がしていたジャングルは、いまはまったくしずかだ。トヴァリの背中を冷たい戦慄がはしった。

ダビデが破壊されたとしか考えられない。

トヴァリはホルスターからコンビ銃を抜き、分子破壊モードにセットしてむせび泣いた。戦いや死が恐いからではなく、惑星グリーンハウスの共同体知性を相手に戦わないといけないからだ。戦えば、生命を奪ってしまうことになる。おのれをすべての自然の一部と感じるカマシュ人にとり、それは恐ろしい重圧だった。

それでも、躊躇せず実行する。バス＝テトのイルナの命が絶えないかぎり、彼女を守ることが自分の責務だから。

生命維持タンクの周囲で湿った土が裂け、そこから腕ほどの太さの根が飛びでてきて、タンクの壁に激突した。

トヴァリは立ちあがり、涙が頬を流れるのもかまわず、根を分子破壊銃で撃った。ジャングルの薄暮にひろがる影から蔓がくりだされ、かれの頭上でうなり音がする。その蔓にもビームを見舞った。

グリーンのガスが湧きあがる。分子破壊ビームの五次元フィールドが根や蔓や木々の物質の電子核間の引力を相殺し、分子結合を破壊させたのだ。

生命維持タンクのまわりは殲滅ゾーンと化し、ジャングルは息をとめたようになる。

狂戦士のように荒れるカマシュ人を前に、植物はひるんでいるようだ。

この抵抗が功を奏したとわかっても、トヴァリは攻撃をやめることなく、ビームを放射しつづけた。そのとき、だれかが近くで自分の名を呼び、〝だめ！〟といったことに気づく。

数秒後、かれは驚愕の叫び声をあげた。なにかが意識のなかに無理やり押し入ってきたのである。まるで自分の意識が、わずかしか周囲が見えない暗く冷たい洞穴のなかにほうりだされたような感じだ。

だれかに、あるいはなにかに〝乗っとられた〟のだとわかった。だれかが自分の意識の上におおいかぶさっている。

はげしい怒りにかられて、トヴァリは反撃に出た。暗い洞穴に投げもどされては、ふたたび戦いを挑もうとする。

そのとき、メンタルの声が聞こえてきた。

〈やめて、ギフィ！　わたしたちの周囲にいるのは、惑星全土にひろがる共同体知性の一部よ。かれらはわたしを助けてくれている。でも、あなたがわたしの手に負えなくなれば、かれらに殺されてしまうわ。どうか、なにもしないで！〉

〈イルナか？〉トヴァリは信じられない思いで訊いた。

〈そう、わたしよ、ギフィ！〉ふたたびメンタルの声。

それから、しずかになった……

＊

目ざめる前、バス＝テトのイルナは思いだしていた。

自分がM－33にいて、カルタン人の船《ナガリア》に乗ったことを。ネコ種族が彼女の経験を見こんで、船の航法士というポストをあたえたのだ。

《ナガリア》はPIG基地の偵察という極秘任務を帯びた特殊船だったが、イルナは気にしなかった。彼女にとって重要なのは、M－33をできるだけすみずみまで調べることだった。とにくわえ、銀河系からこの銀河にやってくる船を見つけて帰郷のチャンスを探ることだったから。

アトランが故郷銀河に帰ってきたとき、その場で迎えたいと思ったのだ。もちろん、コスモクラートの禁令については、三角座銀河に流れ着く前に聞きおよんでいる。それでも、アトランならこの呪縛から逃れる道を見つけるはずだと確信していた。

イルナも十七年のあいだ、その道を探してM－33を調べまわったものの、発見にはいたらなかった。そして半年ほど前、カルタン人がPIGをもはや敵対的組織とみなさなくなった時点で、ギャラクティカーの一基地とコンタクトをとることに成功。その基地から銀河系に向かう次の船に乗せてもらう約束をとりつけた。

こうして《ナガリア》のカルタン人に別れを告げ、PIG基地に滞在することになる。

銀河系行きの船が到着するまでのあいだ、協力的態度につとめた。そのおかげですぐに基地幹部要員の信頼を手に入れ、小型計測船に乗って単独でM－33のさまざまな宙域を調査する許可をもらったのだ。

ある日たまたま、三角座銀河周縁部の宙域で恒星をひとつ見つけた。七惑星がめぐっているが、そのうち第四惑星はエネルギー性の妨害フィールドにつつまれ、遠距離探知がきかない。

好奇心をそそられたイルナは、アコン人エネルギー・コマンドとして身につけたあらゆるトリックを使って近づいてみた。すると、奇妙な形状の宇宙船数隻を発見。三つの部分に分かれており、せまい軌道を行き来している。彼女は自分の小型船をエレクトロン手段でカムフラージュし、未知船一隻の陰にかくれて第四惑星に飛んだ。

その地表に、未知勢力の一基地がひろがっているのがわかった。彼女はなんなく着陸すると、エレクトロン・カムフラージュを解除し、基地の未知者にコンタクトする。

この試みに、相手は最初かなりの不信感をもって応じた。だが、イルナは豊富な経験を駆使して、その不信感をしだいに消していき、ついに基地指揮官プラトゥル・グム・クロザンの絶大な信頼を獲得するまでになる。彼女の動機はもちろん、ハウリ人と名乗るこの未知種族について調べることだった。どこからきたのか、三角座銀河でなにをしているのか、知りたい。

というのも、ハウリ人が三角座銀河の出身でないことはたしかだから。かれらの艦船が銀河間航行用に装備されていることがなによりの証拠だ。

そしてある日、プラトゥル・グム・クロザンをうまく説得し、三角座銀河をスタートするハウリ船に同乗できることになった。船の名は《セトナル・メテム》、司令官はシャザル・トゥム・リールだ。

第四惑星の名はスリンガルⅣという。そこの基地をスタートしたのち、イルナの記憶は曖昧《あいまい》になってとぎれた。ただ、《セトナル・メテム》でなにかの装置が作動したことは思いだせる。そのあと長い時間、眠ってしまったらしい。シャザル・トゥム・リールがガスかなにかで麻痺させたのではないだろうか。

次におぼえているのは、自室キャビンから司令室に行き、スクリーンを見たこと。そこには暗い赤に輝く星々の海がうつっていた。いまどこにいるのかシャザルに訊いても、答えは返ってこない。

それからしばらくして《セトナル・メテム》は、空洞になった一アステロイドの内部に進入した。そこに重武装のハウリ人が複数あらわれ、イルナをスパイとみなしてシャザルとともに拘束する。司令官はスパイをアステロイドに入れた罪でとがめられたらしい。

この嫌疑をシャザルは理論武装でしりぞけた。成果があったかに見えたそのとき、べつの一ハウリ人がやってきて、奇妙な形状の武器をイルナに向けたのだった……

あとのことは、まったく思いだせない。

わかっているのは、自分が過去にまつわる夢をみていたことと、いま共同体知性が支配する惑星にいることだけ……この共同体知性が、なぜか自分のことを同盟者だと感じたらしいこともわかる。それが決定打となり、かれらが再生を速める働きをしてくれたおかげで、命を救われたのだ。

そして、ギフィ・マローダーがすぐ近くにいることもわかっている。かれは惑星の植物世界をビームで破壊するという、とんでもないミスをおかした。だからイルナは、ペドトランスファー能力を使ってマローダーの肉体を乗っとったのだ。かれを死から救い、共同体知性に大きな被害がおよばないようにするために。

マローダーの目を通して、植物世界のはげしい反応がおちついたのがわかる。共同体知性の感情振動が感謝の念を伝えてきた。さらに、ほかの者たちをどうあつかうべきか、助言をもとめてきた。

この〝ほかの者たち〟の思考パターン……断片的ではあるが……から、数名のハウリ人だとわかった。植物にとりかこまれている。

〈すぐに解放してここに連れてきて！〉と、ありったけの集中力を発揮して思考する。

〈かれらはわたしの友よ！〉

共同体知性はこの指示にしたがった。

十分ほどして、最初のハウリ人があらわれ……ギフィ・マローダーに向けて武器を発射しようとする。

その理由はさいわい、すぐイルナにもわかった。

彼女の意識はアストラル漁師のなかに宿り、生命維持タンクには生命のない肉体が横たわっているだけ。だからハウリ人は、イルナがマローダーに殺されたと考えたのだろう。

あわてて自分のからだにもどり、起きあがって合図を送る。

あとは指示したとおりに進んだ。

ハウリ人は全員、武器をおろす。そのうち二名がギフィ・マローダーに歩みより、ロボット枷《かせ》で捕らえた。

ギフィ・マローダーじゃない！　イルナはそう思った。かれを支配しているあいだに、その本名を知ったのだ。

かれの名はギフィ・マローダーじゃないし、星間放浪者でもない。本当はトヴァリ・ロコシャンという名のカマシュ人。アトランの指示でM‐33にやってきた。わたしを見つけだし、アルコン人がすぐにも故郷銀河に帰ることになったと知らせるために。

それを知ったイルナのなかに感情の嵐が巻き起こった。こんな気持ちになったのは、いままでに一度しかない。十八年前、深淵でアトランと出会ったときだけだ。光の地平に足を踏み入れたら、サーレンゴルト人は死んでしまうから。

だけど、かれとはじきに別れることになった。光の地平に足を踏み入れたら、サーレンゴルト人は死んでしまうから。

サーレンゴルト人はこれからもずっと、わたしとアトランの仲にとって障害になるのだろうか？　イルナは冷静になってそう自問した。カッツェンカットの姉を思わせるものは、もう自分のなかに感じられないのだけど。

サーレンゴルト人は死に絶えてしまったのか？

それとも、どこか意識下にかくれていて、いつかふたたび顔を出すのだろうか？

自分だけではこの質問の答えは見つからない。それよりも喫緊《きっきん》の問題がある。トヴァリ・ロコシャンのことだ。

「スリンガルⅣに連れていって！」彼女はハウリ人たちにいった。

＊

トヴァリ・ロコシャンは歓喜すると同時に狼狽《ろうばい》していた。

歓喜したのは、女アコン人が生きのびただけでなく、完全に治癒したようだから。

だが、自分のなかに入りこんだイルナの意識が逃げるようにはなれていったせいで、トヴァリはすべてを思いだした。それで狼狽したのである。

なかでも愕然としたのは、イルナが惑星グリーンハウスの共同体知性に、ハウリ人は友だといったことだ。

はじめは信じられなかった。しかし、あらわれたハウリ人がイルナの指示にしたがって自分を捕らえたため、信じざるをえなくなる。

カマシュ人は自問した。なぜ自分はもっと早く、女アコン人とハウリ人のあいだに友情関係が存在することに気づかなかったのか。なんといっても、彼女が深層睡眠についていたのはハウリ船だったのに。

できればイルナに質問の山をぶつけたいところだが、それはかなわない。ハウリ人が搭載艇を呼び、イルナとともに乗りこんだから。トヴァリの立場は捕虜だ。イルナは自由の身で、かれにはまったく目もくれない。

搭載艇は一ハウリ船に収容された。これからどうなるか、独房に入れられたカマシュ人にはわからない。

数時間後、独房を出され、こんどはべつの船にうつされた。移乗するあいだに確認できたのは、どちらの船も、霧状の有毒らしき大気を持つ一惑星の軌道をめぐっていることと。

移乗がすむと、最初にトヴァリとイルナを収容した船は着陸機動に入った。かれは絶望的になる。いったいどこに連れていかれるのだろう。イルナはなぜ、自分をまったく無視するのだろう。

暗い運命が待っているにちがいない。ほかの船でもそうだったが、この船のハウリ人もみな自分に敵意をいだいているようだから。かれらはけっして手枷をはずしてくれない……食事時間をのぞいて。しかし、その食事にトヴァリは手をつけなかった。《セトナル・メテム》で出されたのと同じ〝湿った干し草〟と濁ったグリーンの液体なので、においを嗅いだだけで吐き気をもよおしてしまう。

トヴァリは見張りが食事をさげにきて、また手枷をはめるのを待っていた。そのとき、意識が暗闇におちいった。

ふたたび明るくなったときには、ひとりでハウリ人の高速宇宙艇に乗り、スリンガル星系から遠ざかっていた。

自分の肉体をバス＝テトのイルナがしばらくのあいだ乗っとり、そこに宿ったまま、見張りの目を盗んで格納庫に行き、スタート準備のできた宇宙艇を操縦したのだろう。なぜそんなことができたのかは想像もつかないが、おそらくイルナはハウリ人に対して多大な影響力を持つのではないか。

トヴァリは今回、なにも思いだせなかった。イルナがあわてることなく冷静にかれのなかから去ったという証拠だ。

おまけに、恒星間航行に向かない宇宙艇でなにをする気か、それもわからない。

そのとき、なにか書かれたフォリオが一片、操作卓の上にあるのに気づいた。トヴァリ自身の筆跡で……自分の字だからわかる……こう書いてある。

〃スリンガル星系の外側にGOIの球型艦が一隻いる。最新鋭の探知システムをそなえているから、通常エネルギーおよび五次元エネルギー性の妨害フィールドにおおわれた惑星スリンガルⅣのことも、近いうちに発見するはず。発見されればハウリ人は防衛に出る。あなたはなんとしてもその前にGOI艦に乗りこみ、ハウリ人と戦っても勝ち目はないと艦長に伝えること。

かれらには逃げてほしいし、あなたには生きのびてほしい、トヴァリ。だけどそれには、GOI艦のシントロンに保管されているスリンガル星系の座標をこっそり消去する必要がある。

それから、なんとしてもアトランのもとへ行き、わたしがスリンガルⅣにいることを伝えてほしい。もちろん、かれにだけはスリンガル星系の座標を教えるの。あなたがしてくれたこと、すべてに感謝してる。また会いましょう。バス＝テトのイルナより〃

カマシュ人は首を振った。なにがなんだかさっぱりだ。

それでも、自分の筆跡でイルナが書きのこした指示にしたがうことにした。

二十分後、宇宙艇はGOI艦《シャルンホルスト》の牽引ビームにキャッチされ、エアロック格納庫に入った。そこでＧＯＩの宇宙兵たちがトヴァリを捕らえる。

だが、かれの熱心な要望を聞き入れ、すぐに女艦長サトリ・ジョーラハルがいる司令室に連れていった。

トヴァリはイルナが書きのこした内容を伝えた……ただし彼女の名前は出さず、自力でハウリ人から逃れてきたように話を進めながら。

サトリ・ジョーラハルは話を聞いたものの、退却は拒否した。ところが、その決断をくつがえすしかなくなる。数分後にハウリ船が四隻あらわれ、パラトロン・バリアを揺るがすほど強烈な攻撃をしかけてきたのだ。

同時に、ハウリ人の基地から《シャルンホルスト》にハイパー通信がとどいた。スクリーンにバス＝テトのイルナの顔がうつる。彼女は強い口調でＧＯＩ艦に全面降伏を要求した。

むろん、サトリ・ジョーラハルは要求にしたがわずに自艦を撤退させ、ハイパー空間に逃げこむ。それから、的確な忠告に対する感謝の念をトヴァリに述べ、かれを解放した。

その後、さして問題なくスリンガル星系の座標を《シャルンホルスト》のシントロンから消去できて、トヴァリは満足した。さらに満足だったのは、艦が銀河系に向かうと知らされたときだ。コスモクラートの禁令から解放されたアトランが銀河系に帰郷することはわかっていたから。

ただひとつ、かれの頭を悩ませる問題があった。アルコン人に対して、バス＝テトのイルナのことをどう説明すればいいのだろう。彼女はギャラクティカムの同盟者なのか、あるいは裏切り者なのか？

ふたつの顔を持つ女

H・G・エーヴェルス

1

ミニ・スペース＝ジェットの搭載シントロンが〝もうじきです〟と伝えてくる。アトランは思わず息をとめた。

小型搭載艇《ホーキング》は《バジス》より数光時ほど先行している。アルコン人は司令コクピットの透明キャノピーから外を見た。目に入ってくるものは、底なしの漆黒……銀河間の虚空のみ。それは視界をうつしても変わらない。よほど苦労して探さないと、わずかな光点すら見つけることはできないだろう。

「プロジェクションを！」かれはシントロンに命じた。「進行方向の物体は除外して投影せよ」

「了解しました」搭載システムの人工音声が応答。「実行します！」

操縦席の周囲が明るくなり、コクピット壁の内側に銀河の映像が投影された。

いずれの星々も、テラやアルコンから望遠鏡ごしにのぞいているような大きさに見える。だが、これらは望遠レンズで〝クローズアップ〟されたものではない。シントロンがハイパー探知の結果を、人類すなわちアルコン人の目がもとめる映像に変換してうつしだしているのだ。

右舷には、ところどころIC1613によってかくれた、手のひらサイズのアンドロメダ星雲が見える。やはり右舷の、実際の位置よりも進行方向のななめ上に、三角座銀河があった。ぼやけた印象の中心核と非常に発達して見える渦状肢を持つ、M－33である。

アトランの胸は高鳴った。自分に超絶的な視力があったなら、と願う。そうしたら、M－33にひしめく星々のどこかに、愛する女の姿が見えるだろう。コスモクラートの呪縛から解放され、ついにふたたび故郷の局部銀河群にもどってきて以来、その女がかれを強い力で引きよせている。

バス＝テトのイルナが！

トヴァリ・ロコシャンは彼女を見つけてくれただろうか？　アルコン人は嘆息した。無意識に頭をそらし、シントロンが投影したプロジェクションを見あげる。コクピットの天井内壁に、一構造体がうつしだされていた。まるで、袋いっぱいのダイヤモンドをばらまいたように見える。

二万五千ほどの銀河を擁するおとめ座銀河団だ。そのなかにはNGC4594のように、人類およびアルコン人の運命を変えたものも存在する。テラナーがソンブレロ銀河と名づけた銀河だが、そこに居住する種族カピンはグルエルフィンと呼ぶ。

ほかには、球状銀河M‐87があった。その中心から発する強力な物質放射は、四次元時空連続体では人工的に生成されたハイパー放射の可視オーラとしてあらわれ、周縁ゾーンではプラズマ放射に転換される。そのふたつが〝中枢部の設計者〟にとっては非常に効果的な防衛手段となった。ハイパー再生されたこのオケフェノケースは、M‐87およびそこに住む知性体種族を支配しつつ生体実験をおこない、それが間接的にハルト人種族の誕生にもつながった。

さらには、アブサンタ＝ゴムとアブサンタ＝シャドの双子銀河もある。ここは超越知性体エスタルトゥの力の集合体に属しており、エスタルトゥの堕落した遺産……狂気の戦争崇拝の出どころだ。

その詳細すべてについて、おとめ座銀河団のプロジェクションを見てわかるわけではないが、アトランの記憶のなかから心の目の前に浮かびあがってきた光景がある。アブサンタ＝ゴムとアブサンタ＝シャドが重なる宙域……暗黒空間と、グリーンの恒星をめぐっているたったひとつの惑星。

惑星エトゥスタルだ！

そこでアルコン人とカマシュ人の道は分かれたのだった。ふたりして《ナルガ・プウル》を去ったあと、アトランは《カルミナ》でパラック球状星団の惑星サバルにもどり、トヴァリ・ロコシャンはコグ船《バンシー》でM－33へ向かった。

おとめ座銀河団から局部銀河群まではとてつもない遠距離だが、すくなくともトヴァリの話では、コグ船でM－33まで行けるはずだという。

かれはそこでバス＝テトのイルナを探しだし、アルコン人がすぐ迎えにいくと彼女に伝えることになっている。

アトランはあらためて三角座銀河のプロジェクションに目をやり、カマシュ人は大風呂敷をひろげすぎではないかといぶかった。だがそこで、かれにはルログがついているのだと思いなおす。彫像のかたちをしたこの物体はロコシャン一族に伝わる偉大な守護神だ。その謎めいた大きな力によって、トヴァリは不可能を可能にすることができるらしい。

なんにせよ、アトランはイルナに再会すると決心していた……トヴァリの助けがあろうとなかろうと。カマシュ人から連絡がこなければ、遅くとも《カルミナ》がまた使えるようになったらすぐ、みずからM－33に飛ぶつもりでいる。とはいえ、なんの手がかりもなしにイルナが見つかると思うのは幻想だろう。彼女の居場所か計画がわかる正確なヒントがなければむずかしい。

しかし、もっとむずかしいと思われるのは、ちっぽけなドリフェル・カプセルでまったく未知の異宇宙に行ってしまった、たったひとりの人間を探しだすことだ……そう、ペリー・ローダンを。

ラトバー・トスタンが〝Xドア〟と名づけたポイントからの距離は一万光年ほどだと、《ホーキング》の搭載シントロンが伝えてきたときのことを思いだす。そこに《バジス》の影は探知されなかった。まだもどってきていないということ。

アトランはふいに、ハンガイの恒星凝集体をひと目見たいという欲求にあらがえなくなった。二百の太陽の星の方向にある虚無空間へ遠征したさいは、わざと見ないようにしたのだが。

思わず、司令コクピットの前方に目をやった。ハンガイが通常宇宙にあるならば、その銀河の星々が見えるはず。

しかし、そこには漆黒の虚無がひろがるばかりである。

なぜなら、ハンガイ銀河の最初の四分の一、第一クオーターが通常宇宙に出現したのは半年ほど前だ。つまり、そこから出た光はまだ半光年の距離を進んでいないことになる。

ところが《ホーキング》の現ポジションはそこから一万八十光年はなれているのだ。ハンガイの星々の光がアトランのもとにとどくのは、ほぼ一万八十年後ということ。

最新技術を使わないかぎり、その光を見ることはできない。それを使うと決めた。

「ハンガイのハイパー探知プロジェクションを！」と、シントロンに命じる。

次の瞬間、司令コクピットの内側に異銀河の星々があらわれた……つまり、いままでは次の四分の一も物質化しているハンガイ銀河のプロジェクションが。

暗赤色の輝きを背景に無数の星々が凝集し、独特の外観を呈《てい》している。アルコン人は陰鬱《いんうつ》な顔でその映像を見つめ、沈思黙考した。自分はいずれ、あのハンガイと同じように見える恒星凝集体を擁する異宇宙へ行くことになるのだ……

＊

《ホーキング》は超光速段階をもう一度こなしたのち、Xドアのポジションで通常空間に復帰した。ハンガイ銀河のプロジェクションが、燃える壁のごとくに見える。ここからストレンジネス境界までは八十光年ほどしかないので、無理もない。

アトランはすぐ近くに見える周囲の環境と、司令コクピットの内壁にうつるプロジェクションを注意深く見つめた。肉眼で見えないためそれと認識できないものを、プロジェクションは明確にしめしてくれる。

最初に確認したのは、まだ《バジス》がハンガイ周縁ゾーンへの調査飛行からもどっていないこと。とはいえ、この状況はじきに変わるだろう。

しかし、変わらないものがひとつある。コズミック・バザールのロストックだ。千百二十六キロメートルの直径を持つかつての播種船は、土星の衛星ミマスの約五百キロメートルとくらべて倍以上の大きさだが、肉眼では見えない。一・五光時もはなれていれば、大きさは無意味だから。搭載シントロンが司令コクピットの内側に主要データとともにうつしだしたロストック・バザールの球形シルエットは、プロジェクションだ。

ほかにハイパー探知の捕捉範囲に入ったものはない……むろん、ハンガイの恒星集団をのぞいて。その恒星間空間が暗赤色の光で満たされているのは、ハンガイがタルカン宇宙から通常宇宙に独自の時空を持ちこんだという事情によるものだ。

ラトバー・トスタンとポージー・プースが新造艦《ツナミ＝コルドバ》で、この宇宙に物質化したハンガイ銀河へ調査飛行に出かけたのは、アトランが局部銀河群に帰還するすこし前、七月末のこと。かれらはどうなっただろうか。通常宇宙に住む者はみな、ハンガイ銀河に侵入したらストレンジネス・ショックに見舞われるのだというが。

アトランがハンガイ行きをやめたのも、それが理由だった。ストレンジネス・ショックにやられたら、ハンガイで行動できるようになるまで長い時間がかかるかもしれない。そのタイムロスはどうしようもないだろう。

ただ、ラトバー・トスタンとポージー・プースの場合はすこし事情が異なる。かれらはすでに二度、身体的・心理的にストレンジネスの多大な影響を受けた。最初はツナミ艦でタルカン宇宙に飛ばされたとき、二度めは〝丸太〟でタルカンから通常宇宙にもどってきたとき。これまでの知見をすべて考えると、トスタンとスヴォーン人にはストレンジネス・ショックに対する抵抗力がついたかもしれない。そう望みをかけてもかまわないだろう。

あのでこぼこコンビを思いだすと、思わずアトランの口もとに笑みが浮かんだ。かれにいわせれば、海千山千のラトバー・トスタンは局部銀河群でも指折りのならず者だ。だが、長いあいだ、だれもそれに気づかなかった。それはひとえに、トスタンがUSOアカデミーに入学を許可されたから。どんなに工夫された心理テストも、かれが違法行為に熱中する性格の持ち主だと見ぬけなかったのである。

それでも数年間、USOの任務を無条件にこなすうち、その性格も影をひそめていった。それが銀河系の力の安定にもつながる。トスタンは優秀なUSOスペシャリストになり、少佐として特務コルヴェットの指揮をまかされた。

だがその栄光も、かれが自由交易惑星レプソでコルヴェットを賭けの対象にして負けたところで終わった。とはいえ、それは当時かれが麻薬中毒だったことや、違法行為に熱中する性格のせいばかりではない。賭けでの負けは、未曽有のむこうみずな行為のきっかけにすぎなかった。ローリン計画ではそれが決定打となり、太陽系帝国と人類が統治する他国のあいだで内戦が起きるのを阻止できたため、当時の太陽系帝国に利をもたらしたのだが。

しかしトスタンは、そのころすでに強大な力を持っていたダブリファ帝国のせいで窮地におちいる。刺客《しかく》から逃れることができたのは、〝氷上〟という名の、使われていなかったUSO基地にかくれたからだ。

それから五百八十四年後、かれはスヴォーン人ポージー・プースの手によって低体温深層睡眠から目ざめた。そこでいきなり、クロノフォシルやエレメントの十戒が関係する騒動に向き合うことになる。トスタンの面倒をみたのは、かつての花形USO工作員ロナルド・テケナーだ。これまでの歴史をヒュプノ学習で教えこみ、進歩した新技術に慣れさせ、最後にはツナミ・ペアの指揮をまかせたのだった。

アルコン人はかぶりを振った。

いまは克服したとはいえ、麻薬中毒で骸骨のように痩せさらばえたこのテラナーがやってのけたことは、ほとんど信じられない。

だがとにかく、ラトバー・トスタンとポージー・プースがハンガイから価値ある情報を持ち帰るだろうことは、保証されたようなもの。

通常宇宙からタルカン宇宙への〝エアロックを通過〟すれば、ペリー・ローダンがたどりついたのとほぼ同じポイントに出るはず。それについても、おそらくかれらが説明するだろう。

アトランはジュリアン・ティフラーがいっていたことを思いだした。数カ月前、ペレグリンという名の不思議な男が述べた内容について。

それによると、ここから……すなわち通常宇宙から……タルカン宇宙に侵入する者すべてを同じ主要基準点の近くに実体化させる力があるらしい。

ペレグリンの言葉を疑いはしないが、通常宇宙の特定ポイントに飛んでいきさえすれば、どこかにいるその力がタルカンに送りだしてくれるわけでもあるまい。アトランはそんな幻想はいだいていなかった。

それほどかんたんな話ではなかろう。

だが、まったく解決できない問題でもないはず。

そのとき、探知がポジティヴになり、アルコン人は安堵した。すぐに《バジス》のプロジェクションがうつしだされる。たったいま、ハイパー空間から通常空間に復帰したのだ。《ホーキング》から数光分はなれたXドアのポジションにいる。

かれは通信コンタクトをとるようシントロンに命じると、ミニ・スペース＝ジェットのエンジンをフル作動させ、巨大船へのコースをとった……

2

アトランが《バジス》の会議室に入っていくと、居合わせた者たちはおしゃべりをやめた。

アルコン人はかれらに会釈して演台に向かう。目の前にはテーブルと椅子が半円形にならび、いまこの巨大船で危機対策会議を開催中のギャラクティカム・メンバーが席についていた。そのほか、科学者や有識者も集まっている。天文物理学、宙航技術、異星生物学、境界層物理学などを専門とする面々である。

つづいてアトランは、近くにすわったホーマー・G・アダムス、ジュリアン・ティフラー、グッキー、エイレーネにうなずきかけ、

「呼びかけに応じて集まってもらい、感謝する」と、はじめた。「きびしい事態の数々にとりくもう！」

この簡潔な言葉で、まずは列席者たち全員にことの重大さを認識させてから、単刀直入につづける。

「レジナルド・ブルとイルミナ・コチストワがヴィールス船五十万隻をひきいて、力の集合体エスタルトゥから帰還する予定だ。きょうにも到着するはず。

だがわたしには、ジェフリー・ワリンジャーと《カルミナ》の帰りがなにより待ち遠しい。ベクトリング可能グリゴロフに最後の仕上げをほどこすのに、すぐにもジェフリーが必要だから。エンザ・マンスールとノックス・カントルも、ジェフリーとそのチームにとっておおいに助けになるだろう」

「《カルミナ》のことが待ち遠しいのはなぜです?」自由テラナー連盟の銀河評議員、シーラ・ロガードが訊いた。

「それはあとで説明する」アトランはふっと笑みを浮かべ、この質問をやりすごす。「当面もっとも重要なのは、タルカン遠征に必要となる船をこちらの要求どおりに用意してもらうこと。それを使ってペリー・ローダンを探しださねばならぬ」

「発言許可を!」ブルー族の銀河評議員、プリュ＝イトが興奮ぎみにさえずる。

アトランがうなずくと、ブルー族は意見を述べはじめた。

「先ほど、ベクトリング可能グリゴロフの話をされましたね。まるで、問題なく完璧に機能するような口ぶりで。だが、そうではない。この新装置がまだ充分にテストされていないことは、だれでも知っています。これを投入して異宇宙に行くのは、運まかせの賭けだ。アトラン、あなたがギャラクティカムに要求したのは宇宙船十二隻ですが、乗員についてはどうするのです？　状況も不明な環境に多くの者を派遣したなら、生命の危機に対する責任はだれにも負えませんよ」

「その心配はもっともだ」と、アトラン。「しかし、いくつか反論したい。第一。新技術開発のさいに定められた一連のテストを、ベクトリング可能グリゴロフに適用するには数年かかる。そんな時間はわれわれにはない。つまり、遠征に参加する船と乗員のリスクは避けられないということ。第二。われわれはタルカン宇宙にだれひとり〝派遣〟などしない。リスクを承知で自由志願する男女だけを連れていくのだ。第三。すでにそうした志願者がわたしのもとにきている。これできみのもっともな心配は解決した。手続きに入っていいかな、プリュ＝イト」

「すべてのグリーンの砂の被造物にかけて！」ブルー族は激高して金切り声をあげた。「ギャラクティカムに本当の事実を突きつけましたな」

「きみたちの作業を省いただけだ」アルコン人が告げる。「だからといって、ギャラクティカムの決定を先取りしたわけではない。こちらから要求した宇宙船に関しては、頭をさげてお願いするつもりだ。その要求が拒絶された場合、《カルミナ》でわたしと数名の自由志願者だけでもスタートする」

「それもすべて、ペリー・ローダンだけのために！」アルコン人の銀河評議員、バルノンが割りこんだ。「悪気《わるぎ》はありません……ローダンのことはわたしも尊敬しています。

しかし、たったひとりのためにそれほど大きなリスクを冒すのは……」

「その見かたは非常に短絡的だな」アトランは皮肉な調子で断じた。「むろん、タルカンで行方不明になったペリー・ローダンは、まずなによりわが親友だ。当然ながら、わたしは全力をつくしてかれを探しだし、手をさしのべたいと思っている。

しかし、それはメダルの表の面にすぎない。ペリー・ローダンを救いだせば、とりもなおさず多くの情報が手に入る。それはギャラクティカム全種族の死活に関わるもの。いまこちら側にあるハンガイ銀河がタルカン宇宙から移動してきたことを、われわれは知っている。また、こちらの宇宙の恒星集団を奪って向こうにうつそうとする勢力がタルカンに存在することも知っている。その勢力はすでに第一段階に手をつけた。かれらがこの最初の成果だけで満足するとは思えない。

われわれの局部銀河群に属する銀河の大部分が奪われたら、どうなると思う？　答えはわかっているはず。それらの銀河のなかには、きみら種族の故郷があるかもしれない。もちろん、その種族じたいもふくまれる。

これは生死をかけた問題なのだぞ。いいかげんに自覚しろ！　冷酷にもわれわれの滅亡をたくらんでいる勢力が、タルカンにいるのだ。かれらにしっぺ返しできなければ、われらが文明は想像不能なカタストロフィにおちいってしまう。

だからこそギャラクティカムにとり、タルカン遠征には宇宙船一ダースを失うリスクをとる価値があるのだ。そして、もしペリー・ローダン救出に成功したら、それはなによりギャラクティカムの利益になる。なぜなら、ペリーがタルカン滞在中に大量の情報を集めているのは絶対にたしかだから。タルカンに住む未知の敵の暗澹《あんたん》たる計画を妨害するのに、その情報がきっと役だつだろう」

そこでとどろくような笑い声が響きわたった。列席者たちの前にあるテーブルの上で、ボトルやグラスがかたかた揺れる。

惑星ハルトの銀河評議員、オヴォ・ジャンボルだ。鼓膜が破れんばかりの大音声《だいおんじょう》にアトランは顔をしかめ、哄笑《こうしょう》がやむと、問うような視線を相手に向けた。とはいえ、非難がましい目で見ることはしない。ハルト人の哄笑はあらがいがたい衝動によるものだと、この場にいるだれよりもよく知っているから。その衝動が生じる理由はたいてい、他種族にはわからない。

オヴォ・ジャンボルは真紅の戦闘服につつんだ三・五メートルのからだをそびやかし、赤く光るみじかい有柄眼をアルコン人のほうに向けると、力強い声でこういった。

「いまの持論は説得力あるものでした、友アトラノス。わたしはあなたに賛成です。ただ、ひとつおうかがいしたい。ペリー・ローダンを探しだすのが最優先だとおっしゃるなら、なぜもっとかんたんな道を通ってタルカンへ行かないのですか？　ローダンが心ならずも通った道……ドリフェル経由で」

アトランの背中に冷たいものがはしった。ドリフェル・カプセルに乗ってコスモヌクレオチドに飛んだときのことを思いだしたのだ。

宇宙が爆発したかと思うような、ものすごい衝撃だった。異質な力に意識をぐいぐい引っ張られ、反動で全身の筋肉が麻痺したと思うと、《ナル》はなすすべなくそこらじゅうを振りまわされたもの。

アトランはごくりと唾《つば》をのみ、平坦な声でハルト人の質問に答えた。

「すでにやってみたのだ、ジャンボロス。しかし、だめだった。ドリフェルは閉じてしまい、もうだれもコスモヌクレオチドを通りぬけることはできない。わたしがベクトリング可能グリゴロフをためそうというのも、それが理由だ。ワリンジャーがあらわれたら、すぐにも……」

あとの言葉は鋭い信号音にかき消された。

それがやむと、ウェイロン・ジャヴィアの声が響いてくる。

「船長から全員へ！　たったいま《バジス》とロストック・バザールとの中間で、ヴィールス船五十万隻が通常空間に復帰した」

会議室にいる数名のあいだで歓声があがり、ほかの者はこの知らせをしずかに受けとめた。どの顔にも満足げなよろこびがあふれ、ポジティヴな感情がうかがえる。

感情をあらわさないのはアトランだけだ。それでもまちがいなく、《バジス》にいるだれより興奮していた。ついに友を助けに向かうときが近づいたのだから。とはいえ、まだ不確定要素がすこしのこっている。タルカンに飛ぶ前にやることがあるのだ。だが、バス＝テトのイルナに関する知らせがトヴァリ・ロコシャンからこなかったら、どうしたものか……

＊

そんなわけで、数時間後に談話室でイルミナ・コチストワ、レジナルド・ブル、ジュリアン・ティフラー、ジェフリー・ワリンジャー、エンザ・マンスールとノックス・カントルのシナジー・ペアから報告を受けたときも、アトランの口数はすくなかった。

「全ヴィールス船を連れて帰りました」ブリーはいつものごとく赤い剛毛をなでながら、「容易じゃありませんでしたがね。なんといっても、五十万隻の大船団を移動させるんですから」

「ジェフリーとネットウォーカーが組んで、ストリクターの改造版を開発したんです」

イルミナ・コチストワがつづける。「それがなかったら、この作戦は失敗に終わったかもしれません。最初の凪《なぎ》ゾーンに直前で気づくことさえできず、てんやわんやの大騒動だったでしょう」

メタバイオ変換能力者のはきはきした口調に、アルコン人は笑みをもらした。とはいえ、ことの内容は深刻だ。イルミナが口にした装置のことは知っている。二カ月ほど前、ジェフリー・ワリンジャーとネットウォーカー組織が永遠の戦士イジャルコルとストーカーの船それぞれに、この〝ヴァリオ・ストリクター〟を使わせることにしたのだった。

これがあれば、凪ゾーンの存在が事前にわかるだけでなく、補助的にプシ走査機を用いてプシオン・ネットの通常路を〝支える〟ことができる。不安定なネット・ラインに巻きこまれたり、ネットからほうりだされたりするのを防げるのだ。この装置をヴィールス船団の指揮船五十隻にそなえつければ、全五十万隻を力の集合体エスタルトゥから銀河系に連れ帰るには充分だったはず。

イルミナの言葉にブリーも熱心にうなずいて、

「これで〝エデン＝ノヴァ作戦〟は完了です」と、アトランの顔を正面から見る。「今後はどうなりますかね？」

「わたしの推測ですが」ティフラーがアトランのかわりに答えた。「プシ定数が急速に低下しているため、ヴィールス船はじきに作動不能になる。これを〝それ〟は転用して、自分のエデンⅢをこしらえる気じゃないでしょうか」

アトランはちがう意見だったが、コメントはしなかった。かれはかれで、ひとつの考えをめぐらせはじめている。しかし、あまりに突飛な考えなので具体的なかたちにすることはできない。

それより、べつのことがどうにも気になった。

「《カルミナ》はどうなった？」と、ブルに訊く。「ピギーバックをうまく持ちこたえたか？」

「あたりまえでしょう！」ブルはむっとしたようだ。「わたしが輸送したんだから、ぜんぶいっぺんに到着しましたよ。だいたい、なんでそれほど《カルミナ》に執着するんです？　もしや、過去に忘れられない女がいて、その意識を搭載シントロンに保管しているとか？　カルミナってのも彼女の名前ですかい？」

一瞬、不意をつかれたアトランはきまり悪そうに笑った。もしやブリーはイルナに対するかれの思いを知っていて、それで過去の女うんぬんとほのめかしたのか。いや、そんなことを知っているはずはない。

「ハミラー・チューブだけでたくさんだ。このうえカルミナ・チューブは必要ない」と、冗談めかす。「それに、チューブのなかにアンチョビ・ペーストのごとく押しつぶされた命が宿っていると思うと、あまり気持ちのいいものではないな……たとえそれが、意識のような“たんなる”非物質的存在だとしても」

ブルが呵々大笑《かかたいしょう》し、ほかの者たちも数秒間、ひかえめな笑い声をもらした。それからアトランはワリンジャーのほうを見て、

「ジェフリー、ベクトリング可能グリゴロフはまず《カルミナ》に装備してもらいたい

のだ」と、要求した。「それも、可及的すみやかに。タルカンへの一刻も早いスタートが望まれるいま、ネット船を《バジス》の工廠《こうしょう》セクションにとめおきたくはない」

「まさか、ひとりでリスクを冒すつもりではないでしょうね？」ティフラーが口をはさんだ。「きょう、あなたの話に大半の銀河評議員は納得したし、その計画にこれといった抵抗も起きませんでした。いずれにせよ二百メートル級の球型艦がすくなくとも十隻、手に入るでしょう。タルカンに遠征するなら、そのぜんぶにジェフリーの〝開けゴマ〟装置をそなえつけてからでないと。終わるまで四週間ほどしかかかりません。あなたが自分でそう計算したじゃありませんか」

「そのとおりだが」アルコン人はふたたび不意をつかれたように感じた。「ほかの遠征船より前に《カルミナ》の装備を終わらせておきたいのだ。そうすれば自由に動けるし、本当に船が必要になってから工廠に向かわなくてすむ」

「そわそわしてるね、アルコンのじいちゃん。パンツのなかにハチがいるみたい」グッキーがからかう。「いったいどうしたのさ？　なにをそんなに焦《あせ》ってんの？　あんたの思考を読んだりはしてないけど、十分以上前からシートのなかでもぞもぞしてるぜ」

最初の言葉で憤慨したアトランは頭に血がのぼっていたが、かえってイルトのストレートな物言いが緊張を解くのに役にたった。自分がなにを期待しているか、どんな行動に出たくてうずうずしているか、笑って説明しようとする。そのとき、スピーカーからインターコスモが聞こえた。

ウェイロン・ジャヴィアの声だ。

「こちら船長。満身創痍のGOI艦が通信コンタクトしてきました。艦名は《シャルンホルスト》、指揮官はサトリ・ジョーラハル。トヴァリ・ロコシャンという名のカマシュ人が乗っていて、アトランがもし《バジス》にいるならば、連絡をとりたいとのことです」

アトランは興奮して立ちあがったが、どうにか平静をよそおい、

「ウェイロン、わたしがここにいることをトヴァリ・ロコシャンに伝えてくれ。至急、話がしたいと……わたしのキャビンで。かれは公式任務中ではなく、わたしの個人的な依頼で出動していたのでね」

ブリーがここぞとばかりに口笛を吹き、にやにやする。

「伝えさせます」ジャヴィアはインターカムで応じた。「ただ、ひとつ懸念が。女艦長ジョーラハルによれば、《シャルンホルスト》は三角座銀河周縁でハウリ人の一基地と遭遇し、攻撃を受けたそうです。そのさい、基地からハイパー通信で全面降伏を呼びかけた女アコン人がいたとか。名乗りはしなかったが、トヴァリ・ロコシャンの知っている者かもしれないとのことです。というのも、ロコシャンがハイパーカム・スクリーンを見て〝イル〟とかなんとか口にしたらしい。それ以上はわかっていませんが」

アルコン人は、ジュリアン・ティフラーがいぶかしげにこちらを見ているのに気がついた。

さもありなん。ここにいる面々のなかでティフラーはただひとり、アトランが深淵の地でバス＝テトのイルナと出会ったことを知っているのだ。〝イル〟と聞いて、すぐにイルナのことだとわかったにちがいない。ただ、それを口に出したりはしないはず。ティフは真の友だから。

とはいえ、いまアトランの胸を締めつけているのはそのことではなかった。三角座銀河にあるハウリ人基地のポジションをGOI艦が突きとめたのはまちがいない。現状からすると、基地の座標がわかれば、ただちに攻撃作戦がはじまるだろう。そうなったら、イルナの身があぶない。話を聞くかぎりでは、彼女は敵に寝返ったように思える。それでもイルナを裏切り者と断じることは、アトランにはできなかった。

信じているから。

「基地のポジション・データは？」と、ウェイロン・ジャヴィアに訊いてみた。

「消えました。奇蹟でも起きないかぎり、もうわかりませんな」《バジス》船長がシニカルに応じる。「《シャルンホルスト》の航法士は艦載シントロンにデータを入力したらしいのですが、撤退後に艦長が照会してみたところ、見つからなかったと。だれかが消去したようです」

トヴァリだ。アトランは心のなかでカマシュ人に感謝し、口に出してはこういった。

「あわてなくていい、ウェイロン！　技術的な不具合はどんなときでも起こりうる。座標データが消えたのも、そうした不具合のせいだろう。ハウリ人基地のポジションはいずれ突きとめられるさ」

それから、居合わせた者たちに告げる。

「失礼して自室に行く。報告、ごくろうだった」

アトランはいつになく急いで談話室を去ると、もよりの転送機に駆けこんだ……

*

ドアブザーが鳴る。アトランは弾《はじ》かれたように椅子から立ちあがり、視線スイッチを操作した。

ドアが開く。

《バジス》滞在中のアルコン人にあてがわれたひろく贅沢なキャビンへ、トヴァリ・ロコシャンが無造作に入ってきた。

アトランは手をのばして歩みより、カマシュ人のセラン防護服をじっと見る。十八年前、深淵の地で出会ったときも着用していたもので、染みや引っかき傷だらけだ。当時はまだアストラル漁師ギフィ・マローダーと名乗っていたが。

　トヴァリはなぜおのれの外見を変え、すぐにカマシュ人だと知られないようにしたのだろう。いかなる理由があって、アストラル漁師ギフィ・マローダーとなったのか。アトランは自問したが、その考えをわきに押しやった。いまはひとつのことしか考えられない。

「イルナはどうなった？」と、トヴァリにおおいかぶさるようにして訊く。「すわってくれ！　なにか食べるか？　飲み物は？」

「ココナツミルクを一杯ください、もしあれば」カマシュ人は答え、椅子にもたれた。「イルナはどうなったか、わたしのほうが訊きたいですよ。ただ、元気にしているのはたしかです。前に会ったときとはまったくちがう」

「まったくちがう？」アトランはトヴァリと向かい合った椅子のなかで身を乗りだし、「前に会ったときはどうだったのだ？」

　トヴァリ・ロコシャンはアルコン人の自動供給装置から、乳白色の液体が入った透明プラスティックのコップをひとつとった。用心深くにおいを嗅ぎ、満足げにうなずく。ひと息で飲み干すと、

「死んでました」と、質問に答えた。アトランの顔がこわばったのを見て、あわててつけくわえる。「とにかく、瀕死の状態だったんです。そのときはハウリ船《セトナル・

メテム》に乗せられていました。わたしはシャザル・トゥム・リール船長に招かれて乗船したんですが」

「ハウリ船に？」アルコン人は驚いている。「どうやったのだ、トヴァリ？　きみが飛んだのはコグ船で……ハウリ人にとっては敵陣の船じゃないか」

トヴァリはきまり悪げに耳のうしろを掻き、小声で答えた。

「ま、その、ハウリ人はこちらを潜在的同盟者とみなしたんですね。コグ船がPIGとGOIの艦船に追われて攻撃されたもので」

アトランはかぶりを振った。

「なにを寝ぼけたことをいっているのだ、トヴァリ？　GOIとPIGの艦船がコグ船を追撃するなど、ありえない」

「ふつうならそうですが」カマシュ人は相《あ》いかわらず小声で、「たぶん、わたしは例外だったんでしょう。惑星ヒッチのPIG前哨基地から《バンシー》を徴発し、三角座銀河にもどってからもすぐに返却しなかったので。ちなみにコグ船の正式名は《バンシー》でなく《グルウェル》ですが、盗んだわけじゃありません。任務を受けてヒッチからスタートしたあと、時空断層に巻きこまれて《ナルガ・プウル》に投げ飛ばされたんです」

「なるほどな！」アトランは《ナルガ・プウル》での混乱した出来ごとを思いだした。

「だが、それならPIGやGOIがきみを攻撃する理由はなくなる。コグ船の船首に一発、ビームを見舞っただけじゃないのか？」

「かれら、トランスフォーム爆弾をぶっぱなしたんですよ！」カマシュ人は憤懣《ふんまん》やるかたない。「ルログがいなかったら、わたしはおだぶつでした」

「ルログ」アトランは考えこむようにくりかえし、トヴァリを上から下まで眺めて、「どこにいるんだ、きみの守護神は？」

「イルナと交換したんです」トヴァリはふいにしょんぼりした。「たぶん、もう永遠に会えません。シャザル・トゥム・リールといっしょに《セトナル・メテム》でハンガイに姿をくらましたので……わたしのもとにもどってくることはないでしょう」

「いつか見つかるさ」アトランはなぐさめるようにいう。「しかし、トランスフォーム砲を使うとは聞き捨てならん。相手はだれだかわかるか、トヴァリ？」

「サルザー・ヌンクウィストです。三角座銀河GOI駐留部隊の隊長だといってました」

「その男を罷免《ひめん》するように、わたしがはからおう」

「やめてくださいよ！」トヴァリは反論した。「あの攻撃がなければ、ハウリ人がわたしを同盟者と考えることはありませんでした。そうしたら、ルログとイルナを交換するチャンスもなかったんですから」

「そうだ、イルナの話だった！」アトランは緊張をほぐそうとつとめ、「彼女は死んでいた……あるいは瀕死状態だったといったな。ならば、三角座のハウリ人基地から《シャルンホルスト》に全面降伏を要求したアコン人は、イルナではない？」

「いいえ、イルナその人です」

「つまり、彼女が裏切り者だといいたいのか？」アルコン人は怒りをこめて不快そうに訊いた。

「そうだとも、そうでないともいえません」トヴァリは動じない。「わたしの感覚ではそうでないと思うのですが。ただわからないのは、なぜイルナがハウリ人と協働しているのかということ。その一方、彼女はジャングル惑星グリーンハウスでわたしの命を救ってくれたし、ハウリ人の基地惑星スリンガルⅣではわたしを乗っとり、《シャルンホルスト》に逃げられるようにしてくれました」

「だったら、裏切り者ではない！」アトランは勝ち誇ったように叫んだ。「だが、彼女がきみを〝乗っとった〟とはどういうことだ？　どんなやりかたで？」

「それもわかりません。ただ、すべての状況を考え合わせると、ペドトランスファームみたいなやりかただと思います」

「ペドトランスファー！」アトランはおうむ返しして考えこむ。「相いかわらず謎の多い女だ。おそらく、カッツェンカットの姉がどこかにひそんでいるせいだろう」

そこで深く息をつき、

「ハウリ人の基地惑星はスリンガルⅣというのだな」と、なにか決意したようにいってトヴァリに向きなおった。「《シャルンホルスト》の艦載シントロンにはポジション・データがないようだが、きみは知っているのじゃないか」

カマシュ人はいたずらっぽい笑みを浮かべた。

「わたしがイルナにいわれてデータを削除したんですよ」そういうと、額を指でたたき、「ここにはちゃんと入ってます。それより、三角座での最近の出来ごとをまだあれこれ報告しておかないと……」

「それはあとまわしだ！」アトランはやにわに立ちあがった。「まずは《カルミナ》が出動可能になったか確認する。いま工廠セクションでベクトリング可能グリゴロフを装備中なのはもちろん知っているが、一刻も早く終わらせたい。そうしたらわれわれ、スリンガルⅣに飛ぶぞ、もとアストラル漁師！」

「そんなにすぐ？」トヴァリは困惑している。「わたしにはどうしても睡眠が必要なんですよ。元気をとりもどさないと。何日も目をつぶっていないので」

「そのために〝急速回復装置〟があるのだ。入ってこい！」と、アルコン人。「ただし、遅くとも八時間後にはまたここにくるのだぞ」

そういうと、視線スイッチでドアを開ける。

「ずいぶん不当な要求だな」カマシュ人はぶつくさいい、ドアに向かった。「見返りとして、一族の偉大な守護神を探すのを手伝ってくださいね」

「了解した！」アトランは応じた。

3

「メタグラヴでなく、エネルプシ・エンジンを使う。そのほうが速いから!」アトランは司令室コンソールの表示を見て決定した。大型ヴィデオ・スクリーンにうつる銀河間空間の暗闇と、進行方向にある目立たない光の染みを同時に眺めながら。この染みが、M-33……三角座と呼ばれる銀河だ。

「エネルプシ・エンジン?」トヴァリ・ロコシャンは驚いて訊きかえした。「凪ゾーンに捕まったり、不安定になった通常路からほうりだされたら、どうするんです?」

「そうしたらメタグラヴに切り替えるさ」アルコン人はかれを安心させるようにいう。「だが、そうはならない。なんといっても《カルミナ》にはヴァリオ・ストリクターがあるのだし」

それに、ベクトリング可能グリゴロフもな! アトランは心のなかでつけくわえ、《バジス》の工廠セクションで技術者やエンジニアたちが数時間かけて懸命に作業していたことを思いだした。ジェフリー・ワリンジャーとその部下による徹底的なテストを終えたのち、この機能がアルコン人のネット船に装備されたのだった。

「準備はいいか？」と、同行者五名にいう。《バジス》から三角座銀河への危険な任務に自由志願してきた者たちだ。

「準備完了！」司令室にいるジェシュワ・トマソフ、アンラム・コサイス、ターケル・ストラーテンが応じた。

「準備完了！」司令室上方にある火器管制／探知／通信タワーからは、サトリ・ジョーラハルとダットゥ・ヴァルケンが復唱する。

サトリ・ジョーラハルの姿を見たアトランは、またもや自問した。これで何度めかわからない。いったいなぜ、よりによってGOI艦《シャルンホルスト》の女艦長が三角座銀河への出動に志願したのか？

サトリ本人にもそうたずね、答えは聞いている。工廠セクションで《シャルンホルスト》の修理が終わるまで、職務から解放されるからだと。

だが、アトランはその言葉を信じていない。インド系の出自であるとすぐにわかることの女テラナーは、たぶんバス＝テトのイルナと決着をつけたいのだ。《シャルンホルスト》が砲撃を受けたのはイルナのせいだと考えているから。

したがって、ふつうならかれもサトリをスリンガルⅣに同行させなかっただろう。それでもそうしたのは、彼女を監督下においておきたかったからだ。そうすれば、自分がスタートしたあとすぐ、サトリが一艦隊を引き連れて三角座銀河に飛ぶ恐れはなくなる。その艦隊が《カルミナ》の航跡を記録していれば……《バジス》とロストック・バザールが待機する宙域にはエネルプシ・エンジンを積んだ船が多数いるので、ありうる話だ……スリンガルⅣは包囲され、殲滅されるかもしれない。ハウリ人が降伏することは絶対にありえないから。

それは断じてあってはならない。とにかく、イルナがハウリ人基地にいるかぎり。

アトランは《カルミナ》の船載シントロンに必要な指示を出すと、シートにもたれてリラックスしようとつとめ、船がプシオン・ネットに合流するのを待った。

数分後、ネットに入る。だが最初の数秒間、《カルミナ》はあちこちに揺さぶられてローリングし、すぐにほうりだされそうな感じだった。淡いブルーに光る通常路の前方では、音のない花火のごとく、色とりどりのまばゆいエネルギーが踊り狂っている。

アルコン人はしばしのあいだ、シントロンとのやりとりや計算作業に没頭した。そのため、司令室のハッチが背後で開いてふたたび閉まったのに気づかなかった。

精神集中状態から引きはがされたのは、ななめ後方から声が聞こえたときだ……非常になじみのある声が。

「なにか役にたてることある、アトラン？」

急いで振り向いたアルコン人は怒りで顔を紅潮させ、

「ああ、おおいにあるとも！」と、エイレーネに返事を投げつける。「こんどこそ、わが船にこっそり密航してくるようなまねをしなければ、とても役にたったのだがな！」

エイレーネは頬を赤らめた。

「こんどこそ、同行しちゃいけない理由はないはずよ。ドリフェルに行くわけじゃないから、わたしがいたってじゃまにはならない。それどころか、たぶんあなたの助けになれるわ。スリンガルⅣに着いたら、あの裏切り女にまるめこまれるかもしれないもの」

アトランの怒りは生じたときと同じく、急速に消えた。思わず耳をそばだて、ひそかに笑みをこぼす。エイレーネの言葉の裏にかくれている思いを汲みとったから。それは一万四千年ほど生きてきた男が、その長い生涯のあいだに何度も経験したことだった。

とにかく、周囲に女がいたときには。

エイレーネはバス＝テトのイルナに嫉妬しているのだ！

「宇宙の未来を見にいったときのように、今回もうまくいくかどうかはわからないぞ」アルコン人は父親のようなきびしさで応じた。「どこかシートを探してすわり、ハーネスを締めろ！」

だが、外からそう見えるほどきびしくしたつもりはない。かれほど長く生きていれば、エイレーネの嫉妬など、若さに特有の熱狂から生まれる付随物以外のなにものでもないとわかっている。それは恋愛とは無関係だ。たとえいつかエイレーネが、自分はアトランに恋していると思ったとしても。

「わたしはただ、あなたが罠にはまらないように見守りたいだけなの」ローダンの娘はシートにすわってハーネスを締めると、小生意気な口調でいった。

「彼女、見かけの半分もあどけなくないですね」トヴァリ・ロコシャンがアトランのすぐ近くでささやく。エイレーネには聞こえていない。

「だが、これほど困難な作戦に参加するにはあどけなさすぎる。きみが想像する以上に物知りな娘ではあるがね、カマシュ人」アトランもささやきかえした。

ヴィデオ・スクリーンを見ると、《カルミナ》を振りまわしていたネット通常路のプシオン・エネルギーがおちついたのがわかった。もう、ネット船が〝投げ飛ばされる〟危険はない。アトランは緊張を解いた。

だれもあえてコメントしないので、ほっとする。この現状でよけいなことをいう必要はないから。

《カルミナ》がプシオン・ネットを疾駆するあいだ、かれは思いをめぐらせた。目的地でなにが待ち受けているのだろう……

＊

「エネルプシ航行、終了」船載シントロンが知らせてきた。「船は通常路を出て四次元時空連続体に復帰します。注意！　最新探知によれば、目的地に異質なエネルギーあり！」

「きっとスリンガルⅣに張りめぐらされたエネルギー性の妨害フィールドですよ」と、トヴァリがいう。

「五次元エネルギーではなさそうだな」アルコン人は応じた。「だがプシオン・ネットを出たら、通常次元エネルギーは探知されない」

カマシュ人は肩をすくめる。

次の瞬間、淡いブルーに光る通常路が消えた。エネルプシ航行につきものの、ときに悪夢を呼びさますような色とりどりの付随現象もなくなる。

《カルミナ》の前に、星間物質の凝集体があらわれた。アトランはプレアデス星団の散光星雲を思いだす。そのなかから、奇妙にぼやけてゆがんだ一ダースほどの星々が浮かびあがった。

「座標はここでまちがいないのか？」アルコン人はトヴァリに疑問をぶつけた。スリンガルⅣがめぐっているはずの、ソル大の赤色恒星が見あたらないから。

「まちがいありません」と、カマシュ人。「スリンガルが見えないのは妨害フィールドのせいですよ。たぶん、ハウリ人が妨害フィールドのエネルギーを強めたんでしょう」

「それでも探知機なら赤色恒星を発見するはずだ。たとえ妨害フィールドが存在しても、恒星じたいは放射を発しているのだから。シントロン、探知はどうなっている？」

「指示どおりの分類に一致する天体は、当該座標には観測されないようです」船載シントロンが応答した。「そもそもこの星雲内に単独の赤色恒星は存在しません。青色巨星の伴星である赤色恒星がひとつあるだけです。この連星系の座標はスリンガルのそれと一致します」

「そんなこと聞いてないぞ！」

アトランは思わず口ばしり、いぶかしげにトヴァリ・ロコシャンを見て、

「連星系の青色巨星を見落とした可能性はあるか、トヴァリ？」

カマシュ人はしばらく考えたのち、かぶりを振った。

「ありえない。万一……そんなことは考えられませんが……見落としていたとしても、スリンガル星系の座標とその他のデータを《シャルンホルスト》のシントロンに照会したときに、遅くとも気づいたはず」

「きみはどうだ？」アルコン人は、司令室のタワーからおりてきたサトリ・ジョーラハルにたずねた。

「あれが連星系だったとすれば、わたしもそのとき気づいたでしょう」サトリはきっぱりいう。「つまり、トヴァリがわれわれをだましたんです。イルナと共謀して」

彼女はしなやかな動きでその場をはなれ、カマシュ人に近づくと、いきなり右手にち

いさなナイフをひらめかせた。長さがたりないので人を殺したりはできないが、相手を恐がらせるには充分だ。

だが、アトランが介入しようと左に身をかがめたとき、すでにナイフは宙を飛んでいた。サトリは右手を押さえ、痛みに悲鳴をあげる。

「二度とこんなことしないほうがいいぞ、同志！」トヴァリ・ロコシャンだ。《シャルンホルスト》の女艦長に向きなおり、「わが祖先パトゥリ・シャングリノンスコウエ・バトゥラチノ・サグリマットもダゴルの師として有名だったが、それはセクター・オリオニスだけでの話。対してわたしはペルウェラ・グローヴ・ゴールの自由経済帝国を代表するダゴル・マスターだからな」

「ヴィシュヌの呪いあれ！」サトリは悪態をついた。「わたしは太陽系を代表する無敵のカシュディリ・マスターよ。よくも汚いトリックで武器をとりあげたわね、このもじゃもじゃ頭！」

「トヴァリが使ったのは正しいダゴル護身術だ」アトランが説明する。「見ていてわかった。わたしもダゴルの使い手だからな。ただ、かれほど反応の速いダゴル闘士にはこれまで会ったことがない」

「注意！」船載シントロンが知らせてきた。「青色巨星が消えました。とはいえ、実際に消えたわけではありません。五次元性の重層フィールドにおおわれたのです。それを探知できたのはひとえに、このフィールドが突発的に生じたのではなく、段階的に強度をあげたからです」

「つまり、われわれ、発見されたのね」サトリ・ジョーラハルはナイフをかたづけると、自席にもどった。「アトラン、この数分間あるいは数秒間に《カルミナ》でハイパーカムが作動したかどうか、調べます。まずまちがいなく作動したはず。なぜなら……」

「もういい！」アトランは鋭く応じた。「根拠のない推測はやめろ。論理的に考えれば当然、相手基地はこちらを発見している。ハイパー走査インパルスをキャッチしたはずだからな。だがハイパー走査を使わなければ、連星系の正体を暴くことはできなかった。エネルギー性妨害フィールドのせいで」

〈その考察には論理パターンの欠損があるぞ！〉付帯脳が口をはさんだ。〈最後の瞬間に妨害フィールドが切られてカムフラージュが消滅しなければ、連星系が正体をあらわすことはなかったはず〉

妨害フィールドのエネルギー強度が変化したことについて理論を組み立てようとしていたアトランは、付帯脳にじゃまされて、反論しようと思った。そのとき、あることがひらめいた。

むろん、付帯脳はすべてを見通しているわけではない。だが、その言葉がアルコン人に、すべての出来ごとを突き合わせて深く考えるきっかけをくれたのだ。

これまでは事実のみを見ていた。連星系の不完全なカムフラージュ。《カルミナ》のハイパー走査インパルスをハウリ人基地にキャッチされたこと。その後、妨害フィールドのエネルギーが強化されたこと。

これらはすべて事実どおりだが、解釈を変えれば、まったくちがうものが見えてくる。不完全なカムフラージュは偶然によるものではないかもしれない。《シャルンホルスト》がスリンガル星系に飛来したときには完全だったのだから。あのときGOI艦が探知したのは赤色恒星だけだった。いま《カルミナ》が計測した結果と同じだ。

重力計測の表示をじっと見つめていたアトランは、確信した。半径数光時におよぶこの宇宙空間は、たがいの周囲をめぐる二恒星によって生じる宇宙幾何学の重力法則にしたがっていると。そのさい、惑星の質量がおよぼす影響はごくわずかなため、無視できる。

質量差のきわめて大きい二天体がなす連星系というのは、じつに複雑なもの。だからハウリ人は、これを妨害フィールドで遮蔽《しゃへい》しようとは思わなかったはずだ。

それでも、この完璧な遮蔽システム……つまり、青色巨星の反射でハイパー・インパルスが妨害されること……は、異宇宙からきた者たちが非常に高度な技術を持つことの証左《しょうさ》といえよう。

しかも、その技術を完璧に使いこなすことができる。

そうなると、重層フィールドの強度が段階的にあがったのは、ミスではありえない。意図的に引き起こされたものだ。

破壊工作者によって。

それは女かもしれない！

アトランは安堵の息をついた。

この考察は、バス＝テトのイルナが最終的に裏切り者ではなかったという確信につながるものだったから。

「攻撃しますか？」サトリ・ジョーラハルがもどかしげに訊き、いまにも火器管制タワーにもどっていこうとする。

「ここにいろ！」アトランは命じた。「攻撃はしない。退却する。なにも疑わしいものを発見しなかったかのようにふるまうのだ。シントロン、ここから一・五光月はなれた星雲にコースをとれ。赤熱《せきねつ》している凝集体が見えるポジションだ。いずれそこに新星が誕生するだろう！」

4

《カルミナ》はメタグラヴ・エンジンを使い、目的の星雲までの飛行を短時間でこなした。凝集体の周縁ゾーンでは物質がたえずゆっくりと収縮し、温度があがって赤熱しはじめている。その層のなかへ、アルコン人は船を操縦していった。

この機動が完了すれば、ハイパー走査機を近距離で使わないかぎり《カルミナ》は探知不可能となる。星雲内のエネルギー活動が、メタグラヴ・エンジンを切ったネット船の放射を遮蔽するから。

アトランは船載シントロンに命じ、スリンガル星系に小型探知ゾンデ四機を射出させた。このゾンデはクエリオンの技術によるもので、完璧な対探知機能を持つ。しかも、数光年の範囲なら超光速飛行できるし、非常に高感度なセンサーもついている。

ゾンデがハイパー空間に消えると、アトランは《シャルンホルスト》の女艦長をタワーにもどらせて指示を出した。ゾンデが目的地から送ってくる暗号化インパルスのひずみを補正したのち、復号して自分のところに転送するようにと。

そのあと、カマシュ人に向きなおって、こう訊いた。

「スリンガルⅣについて知っていることは?」

「あんまり」と、トヴァリ・ロコシャン。「ハウリ人の捕虜になってある船からべつの船にうつされたとき、ちらっと見ただけなので。大気はありますが、軌道上から見ると赤褐色の霧みたいでした。あれは絶対に有毒ですよ」

「わたしもそう思う。赤い恒星をスリンガル・アルファ、青色巨星をスリンガル・ベータと名づけたのだが、最初の進入時に測定できたわずかなデータから判断するに、スリンガル・アルファがスリンガル・ベータに近づいていくと、スリンガルⅣは彗星のように扁平な楕円軌道を描くようだ。いま、スリンガルⅣは〝暦のうえでは〟初夏といったところ。冬には呼吸可能な酸素大気になるだろうが、気温があがれば熱せられ、大気中の窒素が酸化窒素に変化する。これは人類にとり有毒な物質だ」

「まさに! 防護服を着用してなければ、熱だけでも命とりですよ。人類はもちろん、ハウリ人にとっても」

「なぜ、それほど確信をもっていえる?」

「かれら、グリーンハウスではヘルメットを開けてましたから。あのジャングル惑星の空気はカマシュと似ていました……あと、工業化がはじまる前の地球とも」

「いまだって地球の空気はカマシュと同じくらい清浄だろう」

「つねに技術を使って清浄さをキープしてるじゃないですか」カマシュ人が反論する。

「自然によってバランスをたもっている空気とはくらべものになりません」

アトランは笑みをもらし、

「いうのはたやすいが、友よ。カマシュにはテラみたいに数十億の人類がいるわけではないのだぞ。だが、話がそれてしまったな。スリンガルⅣの自然環境についてだった。ハウリ人はそこにコロニーのようなものをつくったか、これからつくろうとしている。かれらの基地がいかなる性質のものであるにせよ、侵入部隊やその他の知性体グループの宿営地でないことはたしかだ。とはいえ、ハウリ人にとって非常に重要なものにちがいない。でなければ、星雲内の連星系をめぐる高温の有毒惑星にかくすわけはない。インパルスを反射するその星雲じたい、発見するのは困難なのだから」

カマシュ人は熱心にうなずいた。

「いいたいことはわかります、アトラン。イルナは裏切り者じゃなかった。だってわれわれ、彼女がいなかったら、スリンガルⅣにハウリ人の基地が存在することすら知らなかったんですよ」

アトランが同意しようとしたとき、呼びもしないのにエイレーネがやってきた。

「イルナがスリンガルⅣを餌《えさ》にしてあなたをおびきよせたんだわ」と、憎らしげにいう。

「で、あなたはそれに引っかかった。ハウリ人に捕まらないように気をつけたほうがいいわよ！」

アルコン人は真剣な顔で親友の娘を見て、反論した。

「気をつけるとも、エイレーネ。だが、感情で思考をゆがめてしまうのはよくないな。場合によっては全員を危険に巻きこむことになるぞ」

彼女は燃えるような目でアトランを見かえしたが、やがて嘆息し、小声でいった。

「わかったわ。努力する」

＊

「探知ゾンデから最初の報告が入りました」タワーにいるサトリ・ジョーラハルがインターカムで連絡してきた。

「内容は？」アトランは注意深く聞き入る。

「まず、スリンガルⅣという名前はふさわしくないですね。ほかに六惑星があるのはたしかですが、連星の周囲でめちゃくちゃな軌道を描いています。赤い恒星をめぐっているのはスリンガルⅣだけです」

「わが推論を裏づける話だな。過去のいつか、赤い恒星スリンガル・アルファとその惑星たちは、青色巨星スリンガル・ベータに捕まったのだと思う」アルコン人の意見だ。

「星雲が存在する宇宙空間は塵《ちり》とガスで満たされている。だから、ベータに近づいたアルファは加速して投げ飛ばされたりせず、減速し、やがてベータをめぐる大きな軌道を描くようになった。いまも速度は落ちていっているはずで、軌道はしだいにせまくなる。数百万年後には、スリンガルⅣもろとも青色巨星に墜落するだろう。

ほかの六惑星もかつてはアルファをめぐっていたが、ベータに捕らえられた。そのさい生じた重力乱流によって、四方八方に飛ばされたのだ」

そこでアトランが口をつぐんだので、サトリはつづけた。

「スリンガルⅣの直径はテラとほぼ同じですが、重い元素がすくないため、重力は〇・七四G。大洋が三つあり、いずれも比較的浅いです。惑星の地表温度は摂氏百度を超えるので、本来なら蒸発しているはずなんですが」

「そうなっていないわけだな……いまのところ。すでにかなりの海水が蒸発したために気圧が上昇したせいだ」と、アトランが補足する。

「なぜ、そんなことがわかるんです？」サトリは不思議そうだ。

「似たような話はどこにでもある。わたしほど長く生きて経験も積んでくると、いくつか事実をしめしてもらえば即座に外挿できるようになるのだ」

「だったら、ほかの事実もお伝えしましょう」サトリの言葉には皮肉がふくまれていた。「あなたがどんな外挿法思考をするのか楽しみだわ」

「どうぞ！　遠慮はいらない」

「スリンガル星系では警戒態勢が敷かれていません。《カルミナ》を探知したはずなのに」

「それがすでにひとつの外挿法思考だ」と、アトラン。「あとは、基礎になる事実をなにか忘れていないか」

サトリはただでさえ濃い顔の色をますます濃くして、

「そうだ！」と、きまり悪そうに叫んだ。「うっかりしていました。スリンガル星系で宇宙船のさかんな行き来があるのです。複数のハウリ船がひっきりなしに飛んできてはスリンガルⅣに着陸し、しばらくしていっせいに飛び立っています。だから、警戒状態にないんだわ」

「たぶん、きみのいうとおりだろう」アトランは考えこみ、「また、ハウリ人がなにかの期限に追われているせいで船の往来がさかんなのだとも考えられる。ゾンデの質量走査結果はどうなっている？」

「お待ちを！」サトリはすこしのあいだインターカム・スクリーンから姿を消し、もどってきてこういった。「じつに有益なご指摘でした。飛来してくるハウリ船の質量は、飛び立っていく船のほぼ二倍です」

「つまり、スリンガルⅣに物質を運んでいるわけだ」トヴァリ・ロコシャンがいった。

「期限があるから焦っているんですね」

「しかし、それでもなんらかの反応はあるはず。明らかに未知の宇宙船が一隻、スリンガル星系近傍をうろついていることを探知したのだから」アトランは思案げだ。

「反応はありましたよ……重層フィールドの強度があがったじゃないですか」

「たしかに」アトランも認める。「だが、それで終わりというのはありえない。異船の発見はいつだって脅威を意味するのだぞ。もしわたしがハウリ人の立場なら、宇宙戦闘機の一部隊をさしむけるだろう……相手を殲滅しろと命じて」

「わたしでもそうする」トヴァリ・ロコシャンは奇妙に抑揚のない声で応じた。「でも、ハウリ人はまだあなたたちの存在に気づいていない。だから宇宙戦闘機をさしむけてはこないわ、アトラン」

アルコン人は弾かれたように首をまわし、カマシュ人をいぶかしげな、同時に期待をこめた目で見る。トヴァリは忘我の状態だ。

「イルナか？」アトランはささやいた。

「そう、わたしよ」トヴァリの発話器官を使った声が、やはり抑揚なく答えた。「カマシュ人を乗っとったの。だけど、手みじかに終わらせないと。行動の自由が多少あるとはいえ、わたしは事実上、ハウリ人の捕虜だから」

「イルナ！」アトランはあふれるよろこびをおさえきれずに叫んだ。だが、すぐ真剣なようすにもどり、「どうすればきみをハウリ人のもとから連れもどせる？」

「そんなことより、なぜハウリ人がこちらに気づいていないのか聞かせてほしいわ！」エイレーネが割りこんだ。

「いまのはだれ？」アコン人がカマシュ人の口を借りて訊く。

「ペリー・ローダンの娘、エイレーネだ」アトランがふくみ笑いとともに答えた。

「そう、ペリー・ローダンの娘よ。カッツェンカットの姉じゃなくてね」その言葉には悪意がある。

アトランはエイレーネを叱るような目で見た。彼女がわざとイルナを侮辱したことに、胸が痛む。何年も前に深淵の地で聞いたイルナの過去や出自をエイレーネに伝えておけばよかったと、いま後悔していた。

「ハウリ人があなたたちの存在に気づいてないのは、かれらの探知施設をわたしが妨害したから」相いかわらず抑揚のない声で、トヴァリの口がいった。「カムフラージュ・フィールドのエネルギー供給システムに細工したのもわたし。ハウリ人は技術障害をとりのぞいたあと、段階的にしか強化できない。それであなたたちの注意をうながせると思ったの」

「数日前、あなたは《シャルンホルスト》に全面降伏を要求したわ。あれはどういうこと？」サトリ・ジョーラハルが軽蔑的な口調でいう。「あのときは捕虜というより、幹部要員みたいな口ぶりだったじゃない」

「そういわされただけ。信じられないかもしれないけど……」

「わたしは信じる。きみのことはよく知っているから」と、アトラン。「さ、教えてくれ。どうすればきみを救いだせるのか！」

〈とほうもなくおろかだな！〉付帯脳が責めた。〈おまえほど長く生きて経験も積んだ者が、これほど恋に盲目になるとは！　冷静な理性をもってこの女のいうことを分析しろ！　そうすれば、矛盾点を見落とさずにすむ〉

付帯脳はなにものにも惑わされない論理をもって状況を説明している。なぜか、アルコン人にはそれがわかった。だが同時に、深淵の地で永遠の愛を知って以来ずっと自分とイルナを結びつけてきたこの感情は、付帯脳には理解できないとも思う。論理セクターがそうした感情をいだくことはないから。

「宇宙船の往来路があるの」イルナはカマシュ人の力を借りていった。「とてもせまい道よ。妨害フィールドを抜ける一種の通廊だから。それがスリンガルⅣの地表と接するところには、エネルギー性の極みたいなものが生じる。その反対側の惑星地表には、いわば〝対極〟が存在する。これが妨害フィールドの基礎となる物理法則や、惑星の磁場を生みだしているの。青色巨星を背後にしてこの対極点に着陸すれば、ハウリ人の探知に引っかからないわ」

「天才的だ！」アルコン人は思わずもらす。

〈正気の沙汰じゃない！〉論理セクターのコメントだ。〈ひとたびスリンガルⅣに着陸したら、遅かれ早かれハウリ人に発見されるぞ〉

〈それまでにイルナを連れて帰る！〉アトランはそう思考した。

「着陸したあと、どうやってきみのところへ行けばいい？」と、トヴァリすなわち女アコン人に訊く。

「着陸後にまたコンタクトする」イルナは急いで答え、「もう行かないと。幸運を祈るわ、アトラン！」

「ありがとう。きみにも！」アルコン人はそういうと、コンソールへもどった。「シントロン、スリンガル星系にコースをとり、青色巨星のコロナ近くまで行け。そこからはわたしが手動で操縦する」

「あの人をまったく疑っていないのね」エイレーネが非難がましくいった。「そんなあなたって見たことがない」

「そうか？」アトランはむっとしていいかえす。「わたしは友ペリーやきみに対しても、まったく疑わずに信じてきたと思うが？」

「それとこれとは話がべつよ」

「きみにとってはな。わたしには同じことだ」

アトランはそう応じると、カマシュ人をたしかめるように見た。トヴァリ・ロコシャ

ンは曖昧《あいまい》な笑みを浮かべ、

「もしや、乗っとられてましたか？」と、訊く。

「イルナだ」と、アトラン。「気づかなかったのだな。彼女の去りかたが、逃げるごとくではなかったせいだろう」

「逃げるごとくではなかった……そう！」サトリ・ジョーラハルが興奮して割りこんだ。

「彼女、急いでトヴァリから去ったように見えました。なのに、そのあとは涼しい顔で自分のからだにもどっていた」

「〝逃げるごとく〟と〝急いで〟には大きなちがいがある」アルコン人が意見を述べた。

「きみはペドトランスファーの詳細については知らないはず、サトリ」

「それに、イルナのペドトランスファーが独特だってことも知らないだろう！」カマシュ人がいばってつけくわえた。「だれかを乗っとっているあいだも、彼女のからだはゼリーみたいな不定形の塊りになったりせず、そのままの姿でのこるんだ。あと、カピンのように数キロメートルではなく、もっと遠距離のペドトランスファーも可能だ」

これを聞いて《シャルンホルスト》の女艦長は黙りこみ、アトランはあらたに思案をはじめた。トヴァリの話には、かれがこれまで知らなかった事実がふたつふくまれていたから。ペドトランスファーラーとしてのイルナの行動半径がカピンのそれをはるかに上まわることは、事実から明らかではあるが。

彼女がカマシュ人を乗っとったとき、スリンガルⅣからは一・五光月の距離があったのだから。

一瞬、アルコン人は恐怖に襲われた。イルナにはまだ自分の知らない特殊能力がかくれている。彼女のパーソナリティに圧倒され、自身の存在がかすんでしまうのではないかと恐れたのだ。だが、おおいに恥じ入ってその思いを押しやった。

立ちあがり、コンソール前の大型ヴィデオ・スクリーンに目をやる。星雲の反射を通して、星々のゆがんだ映像が輝いている。

次の瞬間、その映像が消えて、一様なグレイの背景におきかわった。

《カルミナ》が超光速飛行に入ったのだ。

「いま行くぞ、イルナ！」アトランはささやいた。

5

妙な気分だった。肉眼でも探知技術でも見ることのできない巨星に向かって飛行するのだから。目的ポジションは、時空連続体におけるスリンガル・ベータとスリンガル・アルファの質量構造差をたよりに判断するしかない。

それでもアトランは船載シントロンの計測結果と分析をあてにできると確信していた。くわえて《カルミナ》がスリンガル星系の重力フィールドを通過するさいには、かれが自分で装置の表示を見ながらコースをコントロールする。船は一分ほど前に通常空間に復帰し、光速以下で航行していた。

青色巨星のコロナのなかに入れば、そこはもうハウリ人の妨害フィールドが作用しないゾーンとなる。

たちまち、ぎらつく青い光輝が目の前のスクリーンいっぱいにひろがった。スリンガル・ベータの放射だ。同時に屈光スイッチがオンになり、スクリーンが暗くなったからよかったが、そうでなければ有機体の視覚器官は一瞬でだめになっただろう。

ジェシュワ・トマソフ、アンラム・コサイス、ターケル・ストラーテンが驚いてうめき声をあげる。

アトランはおちついているものの、かれらの反応は理解できた。三人とも地上部隊の宇宙兵だったので、宇宙船の司令室で恒星の映像を間近に見たことなど、これまでなかったのだ。船はコロナめがけて疾駆し、スクリーンいっぱいに恒星が迫ってくる……まるで《カルミナ》が恒星の表面に墜落するような印象を受けただろう。

「手動操縦、準備完了」シントロンが知らせてきた。

「引き受けた」アトランは応じ、コンソールの操縦機能をオンにしてから、「スクリーンには、必要に応じて想像図とデータだけを表示しろ。リアルな映像はひかえること。よけいな混乱をまねきたくないから」

「了解。実行します」

アルコン人は《カルミナ》の操縦に集中しながらも、シントロンが探知結果をもとに表示するデータと想像図に目をやった。

基本的にはさっきのままシントロンに船の操縦をまかせてもよかったのだが、危険をはらむ飛行のあいだ、受け身的な役割を演じるのは気が進まなかったのだ。自分でリスクを引き受けるほうが性に合っている。かれにとってそれは、決定をくだし、ただちに行動にうつることを意味した。

だが、決定をくだし船を操縦するのに、よりどころとなるのはデータだ。それに関していえば、アトランが自分で計算することはできない。恒星のコロナのなかでは、視覚にたよって方向を定めることは不可能だから。

そういうわけで、かれはシントロンがスクリーンにうつしだした探知データと想像図を見ながら、《カルミナ》が青色巨星の周囲で半円を描くように操縦した。そのさいは当然、恒星の潮力に逆らってコースを安定させるため、また防御バリア維持のため、大量のエネルギーが必要となる。だが、グラヴィトラフ貯蔵庫はほぼ満杯なので心配はいらない。ハンガイ銀河近傍のXドア付近から三角座銀河までの距離をエネルプシ航行で翔破したおかげだ。

《カルミナ》はたった一隻ながら、同タイプの船十隻のグラヴィトラフ貯蔵庫をまかなえる以上のエネルギーを放出していた。それでも探知の危険に対しては、青色巨星の通常エネルギーおよびハイパーエネルギー放射、くわえて恒星表面のフレアが防御してくれる。

しかし《カルミナ》がスリンガル・ベータの周囲を半周するあいだ、このフレアはまた大きな危険の源でもあった。しばしば高温のガス塊がコロナのところまで噴出するから。それにひとたび見舞われたら、たとえパラトロン・バリアを展開していようと、船はガス化して、その場で紅炎の一部となってしまうだろう。

だからこそアトランは、恒星の反対側に着いたときには心からほっとした。

それでも、まだしばらくコロナのなかにとどまる。いまスリンガルⅣは《カルミナ》に対してちょうどいい位置にないから。

どの時点でスリンガル・ベータからはなれるべきかわかれば、スリンガルⅣに到着するベストなタイミングも、目的地に達するには惑星のどこに着陸すればいいかもわかる。そのために必要となる複雑なデータ算出はシントロンにまかせた。有機体の脳にこうした計算をさせるのは無理な要求だ。高機能コンピュータの助けがあってこそ、具体的なケースにおいて実際に使えるデータを迅速かつ確実に得ることができる。

このデータ算出はすなわち、連星の二天体とスリンガルⅣの……あるいはこの場合、すくなくともスリンガル・アルファと惑星の……ポジションを割りだす作業だ。だが困ったことに、その計算の基盤は当然、これら天体の質量が生みだす空間曲率のみにもとづいている。

船載シントロンでさえ、ある種の困難に直面することになった。ハウリ人の多次元エネルギー性妨害フィールドが、空間曲率に関する計測結果をゆがませるのはわかっていたから……ほんのわずかだが。それでも《カルミナ》が最初の飛行でスリンガルⅣの地表、数平方キロメートル範囲に狙いを定めて向かったさい、このわずかな差異が致命的影響をもたらすかもしれない。たとえば、船がエネルギー性の対極点に正確に着陸しなかったせいで、ハウリ人の探知に引っかかってしまうとか。

とはいえ、こうしたすべてにアルコン人が怖じ気づくことはなかった。およそ考えられるリスク要因に対するどんな懸念よりも、バス＝テトのイルナに対する愛情のほうが強かったのである。

《カルミナ》を青色巨星のコロナから出して、スリンガルⅣにある宇宙船往来路の対極点にコースをとる瞬間を、かれはじりじりしながら待った。ついにその時がくると、よろこびのあまり浮き立ってしまい、対極点ではなくハウリ人が使う往来路にまっすぐ飛びたい衝動にかられた。エレクトロンによるカムフラージュ手段を使い、飛来してくるハウリ船にぴったりくっついていきたい。

だが、どうにか自制し、亜光速でスリンガルⅣに向かう。シントロンのデータ算出はほぼ完璧だ。《カルミナ》はスリンガルⅣの地表、往来路の反対側にある対極点の周縁区域が迫ってくるタイミングを見はからって、目的地に到達。アトランはほんのわずかコースを修正するだけですんだ。これで対極領域のどまんなかに着陸できるだろう。

惑星の手前に四十万キロメートルほど、ハウリ人の妨害フィールドが作用しないゾーンがある。ここではスリンガルⅣは赤褐色の大気におおわれた、黒っぽい球体のかたちであらわれた。

アルコン人はすでに《カルミナ》に制動をかけていたため、船はいま惑星重力のみに引っ張られ、対極領域に一直線に墜落するかのようだ。着陸は、反対側の往来路に宇宙船が飛来する瞬間に合わせておこなう。スリンガルⅣの正確な自転周期も、シントロンがデータ算出のさいにふくめて出していた。

〝墜落する〟あいだにこのデータを読んだアルコン人は驚いた。エネルギー・フィールドが磁場と同じように惑星をおおい、ふたつの極を形成しているのだ。自然に生じる磁場だけでもテラの十五倍あるのに、その磁場をよりどころにして人工的に生成されたハイパーエネルギー・フィールドは、とてつもない強度を持つ。とはいえ、大気圏の深いところまではとどかず、平均四十キロメートル上空で断ち切られたようになっていた。

これで納得した。宇宙船往来路の対極領域内にいるかぎり、《カルミナ》が探知される可能性は皆無《かいむ》だろう。

ハイパーエネルギー・フィールドを過ぎると、天にかかる青色巨星が見えてきた。仮借なき高熱の放射が濃いグレイの惑星をあぶっている。もろく見える地表には無数の亀裂がはしり、そこから靄《もや》やガスが絶え間なく噴きだしては、酸化窒素からなる有毒大気とまじり合う。

「ここに死んで埋められるのはごめんだな」トヴァリ・ロコシャンがぞっとしたようにいった。

「死んで埋められるなら、どこであろうといっしょだ」アトランは皮肉を飛ばした。

「だが、スリンガルⅣではだれも埋まった状態のままでいられまい。わたしがごめんなのは、ここで生きることだ」そういうと、一計測装置を指さし、「いまの地表温度は平均で摂氏百四十度。これからの数ヵ月、どんどん上昇するぞ」

「目的地の中心部はななめ前方、半キロメートルほど先です」シントロンの報告だ。

「了解」

アトランは自動的に応じ、精密操縦用バーに片手を置く。ほぼ円形の間欠泉を見つけ、その上方を低い高度で浮遊したのち、黒い溶岩層の上に軟着陸した。リゾネーターで測定したところ、かたい地殻が五メートル下までつづいているとわかったので、宇宙船の重みにも充分に耐えられるだろう。反重力プロジェクターで支えるのは当然だが。

「ついにやった！」と、トヴァアリ。「じきにイルナからなにかいってくるでしょう」

「まだなにも感じないか？」アルコン人は訊く。

トヴァアリが否定したので、すこし不安になった。イルナの指示がないと、どちらの方向へ行けばいいかわからない。

ところが、この不安もかすんでしまうような出来ごとが起きた。シントロンがこう報告してきたのだ。

「ドリフェル・カプセルが船を離脱し、スタートしました。着陸三十秒前のことです」

アトランはあっけにとられて、

「なんだと？」と、大声を出した。「そんなこと、あるわけがない！《ナル》はわたし以外の者の命令にはしたがわないのだ。船を離脱してスタートしろなどと、わたしは命じていないぞ」

「エイレーネの姿が見えませんけど」サトリ・ジョーラハルが確認する。

アトランはやっきになって周囲を見まわし、船内放送でエイレーネに呼びかけた。

「エイレーネは一分半前、ドリフェル・カプセルのところに行っています」シントロンが応答する。

「それからカプセルに乗ってスタートしたわけか」と、トヴァリ。

「《ナル》はいまどこにいる、シントロン？」アルコン人は訊いた。

目の前のスクリーンに映像がうつしだされた。左のほう、わずかに湾曲した地平線がななめになって見え、その上に赤い恒星スリンガル・アルファがかかっている。

「カプセルはこの恒星の方向に飛びましたが、地平線の向こうにかくれる前に対探知をオンにしたため、あとは不明です」と、シントロン。

「追いかけましょう！」トヴァリがとっさにいった。

アトランはかぶりを振り、

「ノー！」と、冷たくいいはなつ。「ばかな行動に出るのはエイレーネだけでたくさんだ。われわれがまねする必要はない。それに《ナル》の対探知は高性能だから、ハウリ人の探知を逃れる可能性もおおいにある。この点、図体がずっと大きい《カルミナ》にはそうした保証がない。対探知があっても、かくれるのはよりむずかしいだろう。どうやって困難を切りぬけるか、エイレーネは自分でわかっているはずだ。われわれはこのままイルナの連絡を待つとしよう」

アトランは目を閉じて、祈りの文句をせわしなくつぶやいた。

エイレーネの好きにさせればいいと、かんたんに思えるはずはなかった。彼女に万一なにかあれば、生涯おのれを責めることになるだろう。それはたしかだ。しかし、ほかにどうしようもない。それに、《ナル》が彼女を守ってくれると、あてにもしていた。というのも、ドリフェル・カプセルがエイレーネを特別なステイタスの人物だと認めたのはまちがいないから。そうでなければ、彼女の命令にしたがうはずはないのだ。

＊

「わたしはここよ」と、トヴァリが抑揚のない声でいった。

アトランははっとして身をこわばらせた。ほぼ一時間のあいだ、することもなくただ《カルミナ》で女アコン人の連絡を待ちつづけるうち、いつのまにかうとうとしていたらしい。

だが、完全に目がさめた。

「まず最初に教えてくれ、イルナ」と、急いでいう。「《カルミナ》以外の未知飛翔体がハウリ人に探知されたか？」

「《カルミナ》はいまも見つかってないわ」イルナがトヴァリの口を借りて答えた。「ほかの未知飛翔体も探知されていない。なぜそんなことを訊くの、アトラン？」

「GOIの艦船がひそかに、スリンガルⅣまでわれわれを追ってきていないかと思ってね」アルコン人はとっさに嘘をついた。耳が熱くなる。

〈よくいった！〉付帯脳が褒《ほ》める。〈この女は信用しないほうがいい〉

〈わたしは彼女を信じる！〉アトランはやけになって思考したものの、自問した。なぜわたしは嘘をついたのか。それでも、エイレーネがドリフェル・カプセルでいなくなったことを、とてもイルナには話せない。

「あなたたちを追ってくる艦船はいないわ」と、トヴァリの声。「それはありえない。ハウリ人に探知されない飛行ルートを知っているのは、あなたたち以外にいないから。すべて順調、アトラン？」

「すべて順調だ」かれはまた嘘をついた。「では、どうやったらきみのもとへ行けるか教えてくれ！」

「口で伝えたら長くなる。トヴァリのコンソールからデータをコンピュータにインプットするので、それを使って見取図を作成して」

アトランは彼女に訊きたいことが山ほどあったのだが、そのときカマシュ人が自分のコンソール上のコンピュータを作動させ、入力センサーに指をはしらせたため、なにもいえなかった。

数分後、トヴァリ・ロコシャンが深いトランスに似た状態から〝覚醒〟する。バス＝テトのイルナに乗っとられたあいだのことは、おぼえていない。

それでもかれのコンピュータは、スリンガルⅣにあるハウリ人基地のエレクトロン見取図を詳細に描きだした。捕虜の拘束場所や、権限なき者が基地に出入りするのを防ぐ監視システムの位置もふくまれている。

非常によくできた監視システムだと、アトランは認めた。しかし、長い人生で積みあげてきた経験や知識があれば、かならずどこかに弱点があるはずだとわかる。

それはむろん、かれのような熟練者だからであって、ほかの男女が探しても見つからないだろう。

見取図に描かれているのは非常に広大な基地だ。無数の丸屋根や壁、エネルギー・バリア生成装置や防衛用砲台、離着陸用シャフトをそなえた宇宙港まである。全体の面積はテラニア・シティの半分近いだろう。アトランはその外壁の一カ所をさししめし、発光ポインターでマーキングして、

「ここに排気シャフトがある。基地に侵入するには充分な大きさだ」と、告げた。「も

ちろん、ここにも監視システムは存在するだろう。だが、熱い空気が排出されるときは、システムは働かない。データによれば、排気は半時間ごとにおこなわれる」

「だけど空気は高圧で排出されるはず」サトリ・ジョーラハルが異を唱えた。「それに逆らって侵入するなんて、できないわ」

「グラヴォ・パックを最高出力にすれば可能だ」ターケル・ストラーテンが反論する。

「そうすると五次元性エネルギーが散乱し、近くの監視システムが反応する。警報が発令されるぞ」トヴァリが意見を述べた。

「たしかにそうだが」と、アトラン。「グラヴォ・パックは使わない。われわれ、火の馬に乗った騎士になるのだ」

「どういう意味です？」サトリが不審げに訊いた。

アルコン人はちいさく笑みを浮かべ、

「《カルミナ》の装備貯蔵庫はさして大きくないが、それでも補充品のほか、あらゆる種類の兵器を積んである。化学推進剤つきの空対地ミサイルもあるぞ。腕ほどの長さだ。このミサイルを任意に起爆・停止できるように改造すれば、それに乗り、排気流をものともせずシャフト内に入れる」

「特大ブラックホールにかけて！」ジェシュワ・トマソフが思わず叫んだ。「正気の沙汰じゃない！」

「だが、やってみればできるかも」トヴァリ・ロコシャンは目を輝かせて、

「楽しそうじゃないか」

「わたしはそう思わないわ」サトリ・ジョーラハルだ。

「正気の沙汰じゃないからではなく、イルナって人が信用できないから」

「どっちみち、きみを連れていく気はない」アトランはいった。

「もともと、きみには《カルミナ》にとどまってもらおうと思っていた。いざとなったら、あらゆる手段で敵の攻撃を防いでくれ」

「そうしますとも！」サトリの口調は辛辣《しんらつ》だ。「いざとなったらトランスフォーム爆弾で、ハウリ人基地を惑星から吹っ飛ばしてやります！」

「それは待ってもらいたい……われわれがもどるまで。むろん、イルナとエイレーネをふくめてだ！」アトランはきびしく応じる。

サトリは必死で自制していたが、やがて決意をかためたように、

「待ちますよ、アトラン。期待を裏切ることはしません」

「わかっている」アルコン人はそういうと、ほかの要員たちに向かって、「みな、いまから装備貯蔵庫に同行してくれ！ ミサイルの改造作業は特殊ロボットの領分だが、どこをどう調整するのかじっくり見ておいたほうがいい。そうすれば作動機序がよくわかるからな」

立ちあがり、司令室から出ていく。

ほかの者もあとを追い、全員で装備貯蔵庫に着いた。それまで火器管制／探知／通信タワーにいたダットゥ・ヴァルケンもやってきた。

6

一行はセラン防護服を閉じて……もちろんアトランはネット・コンビネーションだが……有毒大気のなかを徒歩で進んでいった。熱い溶岩帯の上に靄が、濃くなったり薄くなったりしながらさかんに湧きたっている。コロイド状粘液のようなどろりとした液体が溜まった場所では、ときおりなにかが動いた。指ほどの大きさのイモムシが群れをなしているみたいに見える。

「なんだろう？」この現象を最初に見たとき、アンラム・コサイスが訊いた。

アトランにもわからない。だが、トヴァリ・ロコシャンはこう答えた。

「ここでは蛋白質《たんぱく》をベースにした生命が〝冬〟に生まれても、その後は高温の酸化窒素が影響して姿を消すにちがいない。かといって、かならずしも死滅するわけじゃないと思う。おそらく、スリンガルⅣの生命体は〝寒い冬と暑い夏〟に適応し、環境の変化に合わせて変態するはずだ」

しばらく行くと、かつてジャングルだったと思われる場所にきた。〝初夏〟の熱でなかば燃えつき、溶けてしまっている。カマシュ人はかがみこみ、熱を帯びたグレイの金属玉に見えるなにかを手のひらいっぱいにすくいあげた。直径は二センチくらい。

「これは一種の胞子だと思う。この状態でスリンガルⅣの暑い季節をやりすごすんだ。で、冬になったら……テラでいうと亜熱帯くらいの気候だろう……また植物として成長し、ジャングルをつくる」

アトランはとくにコメントしなかったものの、内心ではカマシュ人のいうとおりだと思った。トヴァリは動植物と人類からなる共同体知性が〝統治する〟世界の出身だ。生物学的プロセスや生化学的現象については、ほかのだれよりもくわしいだろう。

だが、焼けるような暑さのなかを進むつらい道のりにおいて、この現象はどちらかといえば些細《ささい》な出来ごとだった。スリンガルⅣの内部からも、複雑な軌道を描きながら空を移動する赤と青の恒星からも、じりじりと熱が伝わってくる。恒星はときおり、すこしのあいだ地平線の向こうに見えなくなるが。

みな重い背嚢《はいのう》のついた宇宙服姿で行進するあいだずっと、反重力プロジェクターを使って楽をすることができないばかりか、改造ずみの空対地ミサイルを引きずって運んでいるのだ。それはスリンガルⅣの低重力下でも、二十五キログラムほどの重さがあった。

アトランは最初、この重い荷物に小柄なカマシュ人が文句をいわないので驚いた。とにかく身長が一・四七メートルしかないのに、一見すると造作なく運んでいるから。だが、トヴァリの祖先パトゥリ・ロコシャンのことを思いだして納得する。パトゥリも一・三八メートルしかなかったが、非常に筋骨たくましく、平均的テラナーよりはるかに強靭《きょうじん》で反応も速かった。かれにもその遺伝子が受け継がれているのだろう。

アルコン人はふいに強いシンパシーを感じ、思わずトヴァリの肩をぽんとたたいて透明ヘルメットごしにほほえみかけた。

トヴァリも大きな笑みを返し、到達範囲を最小限に調整したヘルメット・テレカムでこういってきた。

「いつか機会があったらぜひカマシュを訪れて、あなたの遺伝子を……ええと……あずけていってください。それでなにが起きるかは、一世代あとのお楽しみです」

「わたしをだれか女カマシュ人にめあわせる気か？　いまからいっしょにイルナのもとへ行くというのに？」アルコン人は当惑し、すこし憤慨して訊いた。

「いますぐって話じゃありませんよ！」トヴァリがいいかえす。「カマシュは遠く、イルナはすぐ近くなんですから。でも、いつか訪れるのは悪くないでしょう？　そのときは、イルナは置いてきてください」

どうやら、カマシュでは道徳基準がテラやアルコンとは異なるらしい。そう知って、アトランはひそかににやりとした。

＊

《カルミナ》を出発して一日半が経過したとき、峡谷に似た光景があらわれた。進行方向の地平線を横切るように、裂け目がひろがっている。平均で幅は十二メートル、深さ八十メートルはありそうだ。

アトランは同行者たちに合図を送り、その場でとまるよう指示した。それから峡谷の縁に近よってかがみこみ、下の状況を調べる。溶岩がかたまった壁と、石だらけの地面が見えた。ネット・コンビネーションのピコシンピュータに命じて、耐圧ヘルメットの内側スクリーンにトヴァリのコンピュータが描きだした見取図のコピイをうつしださせてみる。

「この下だ！」と、峡谷の左方をさししめした。「この方向に二キロメートルほど行くと、ハウリ人基地がある……目的の排気シャフトはこの峡谷につづいている」

アトランは四名の宇宙兵に、セランの装備にある綱をわたしてもらい、より合わせて一本のザイルをこしらえた。そのはしを峡谷の底にとどかせる。

もう一方のはしを突出した岩ブロックにしっかり結びつけると、まず四名を下におろした。つづいてトヴァリとかれが、交替でザイルを使いながら下降していく。ここでも小柄なカマシュ人は恐れることなく行動したので、アトランはおおいに敬意をいだいた。

峡谷の底に着いた六名はさらに進んでいく。二十分ほど行くと、炭色のメタルプラスティックでできた障壁が見えてきた。指ほどの長さの真っ赤な杭が、不規則な間隔で突きだしている。ハウリ人基地監視システムの高感度センサーだと、アトランは推測した。片手をあげて仲間に合図し、障壁の百メートルほど手前でとまらせる。それから腕をのばし、直径四メートルほどの開口部をさししめした。その奥には、下につづくらしいシャフトが見える。

「排気シャフトだ」耐圧ヘルメット内側のプロジェクションをもう一度確認して、告げた。「火の馬に乗る準備をしろ。排気風が吹いてきたら、すぐスタートするぞ！」

空対地ミサイルを太腿《ふともも》のあいだにはさんでスタート・ポジションに入るのは、それほどむずかしくない。この姿勢をとったとたん、ミサイルにとりつけられたマグネット・アンカーでからだが固定されるから。ただ、排気風を待つあいだずっとその状態をたもちつづけるのは、けっこうつらいものがある。

さいわい五分も待つことなく、排気の噴出を告げる轟音《ごうおん》がシャフトの下から響いてきた。その音が近くなるにつれ、アトランは予感した。これは排気〝風〟などというレベルでなく、嵐になるだろう。

仲間たちにそう警告する。

しかし、かれもほかの五名も、実際にシャフト出口から吹きつけてくる熱風に対して心がまえはできなかった。暴風が峡谷の壁を直撃し、岩が砕かれて雨のごとく周囲に飛び散っている。

この試みは失敗かもしれない。アトランはすこしのあいだ、そう考えて絶望的になる。だが、やがて思いなおした。おそらくほかの方法では、ハウリ人基地に侵入できまい。エイレーネがドリフェル・カプセルで独断専行したせいで、スリンガルⅣに異人がやってきたことはハウリ人も突きとめたはず。時間がたてばたつほど、そう思えてくる。

それでもアトランは困難な出動を決意した。おのれの知恵に対する信頼と、きびしい訓練を積んだ宇宙兵たちの存在、そしてなによりカマシュ人の知識や強靭さをたよりに。

「わたしにつづけ！」ヘルメット・テレカムで仲間たちに呼びかけ、ミサイルのスイッチを入れた。あとづけの操縦・姿勢制御スティックを両手で握りしめ、炎を噴射させながら、排気シャフト開口部へと疾駆していく。

熱い暴風にとらえられ、ほんの一瞬、不安になった。勢いよく吹き飛ばされて岩壁にたたきつけられるかもしれない。だがヘルメット内側のプロジェクションを見れば、シャフトの奥に進んでいるのがわかる。ジョギングのような速度しか出ていないとはいえ。

ところが次の瞬間、この低速がポジティヴに作用していることが判明した。シャフト内でカーブにきたとき、充分に余裕をもってスティックをあやつれるから。もし排気流がゆるやかだったら、ミサイルを正確に操縦するのはむずかしかっただろう。

五分たち、五百メートルほど進んだところで、嵐ははじまったときと同じく突然やんだ。

〝乗り物〟のほうは、そのまま弾丸の速さで疾駆しつづける。それに気づいたアトランはミサイルのエンジン出力を絞った。しだいに減速していき、さらに五十メートルほど進んでから着地。エンジンをオフにする。

次の瞬間、あわてて前方に身を投げだした。ミサイルが一機、音をたてて急降下してくるのがわかったから。乗り手はダットゥ・ヴァルケンだ。二十メートルほど先に墜落し、ミサイルは破壊された。

もちろん弾頭はとりはずしてあるが、それでもアトランは床にからだをぴったり押しつけて伏せた。万一、ダットゥ・ヴァルケンの〝バイク〟に推進剤がのこっていて爆発したら、熱くとがったミサイルの破片が飛びかうかもしれない。

しかし、爆発は起きなかった。

アトランは動かずに横たわるダットゥに膝立ちで近づき、かれのセランのベルトについたスイッチを入れて、サイバー・ドクターを作動させた。打撲ですんだとわかり、ほっと息をつく。

ほかの四名は全員、もうすこしソフトに着地した。かなりはげしくぶつかりはしたが、すくなくともミサイルが壊れることはない。

アルコン人はそこではじめてヘルメット・ランプを点灯。ヘルメット内側のプロジェクションで方位確認するのになじんではいたものの、それでは不充分だと思うことが何度もあったのだ。やはり自分の目で周囲を確認しなければ。

目の前、十メートルほど先に格子《こうし》のついた壁が見えた。その奥にはハッチがひとつあるが、閉まっている。それが開くのは、おそらく排気が基地から外に出るときだけだろう。スリンガルⅣの熱い有毒大気を基地からシャットアウトするよう、ハウリ人は考慮したにちがいない。

「次の排気嵐がくるまで、ここで待つわけにはいきませんよ！」ジェシュワ・トマソフがいった。「ミサイルの推進剤はほぼ使いはたしたので」

「それほど長く待つことはあるまい」アトランはそう応じ、格子の左のシャフト壁をさししめした。ちいさな四角い人員用ハッチがある。「思いきって、コンビネーションのエネルギー探知機を作動させてみたのだ。探知の結果、ここに監視システムのセンサーがないことは確認された」

「だけど、このハッチを開けたら……」と、アンラム・コサイス。

「監視センターで警報が鳴るかも」アトランがあとを引きとった。「だが、むなしく引きかえしたくなければ、リスクをとるしかない。ただ、リスクが大きすぎると思う者はいつでも引きかえしてかまわない。急げば、次の排気風がくる前にもどれるだろう」

「そんなこと思いません」アンラム・コサイスは否定した。「リスクについてはあなたから聞いていました。それでも結局、われわれは自由意志で志願したのですから」

ほかの宇宙兵たちも同意の言葉をつぶやく。

アトランはトヴァリを問うように見たが、カマシュ人はおもしろがるように眉をあげただけだ。それから人員用ハッチに近づき、コード・インパルス発信機を使って調べる。

「開錠コードを突きとめました」と、数秒後にはいった。「かんたんでしたよ」

ハッチの二枚戸が両側に開くと、ひろい通廊があらわれた。五十メートルほど奥に、明るく照らされた一ホールが見える。

「武器の発射準備を！」と、アルコン人。自分もベルトのホルスターからコンビ銃を抜いてパラライザーにセットし、先頭に立って通廊を行くカマシュ人につづいた。トヴァリもコンビ銃を手にしている。

トヴァリ・ロコシャンがかんたんに開錠コードを突きとめたことで、アトランの警戒心はかえって強まった。疑念が湧く。自分がハウリ人だったら、基地の奥にあるこのハッチにも最大級の防御をほどこすだろうから。

＊

明るい照明のホールはマグネット軌道列車の〝駅〟だとわかった。磁気レール三本がホール内に引きこまれ、カーブを描いて先へとのびている。その一本に長さ十メートル、直径四メートルほどのシリンダー形の列車がとまっていた。

　アトランはネット・コンビネーションのピコンピュータが保管した見取図をもう一度呼びだし、ヘルメットの内側にうつしだした。

「この駅もレールも見取図にあるぞ」と、告げる。「マグネット列車に乗って三つめの停車場で降りれば、大型供給施設に着く。その半キロメートル先に宿舎があって、イルナはそこにいる」

「縛られて？」ターケル・ストラーテンが訊いた。

「それはないようだが、遠隔システムで監視されているだろう。イルナを連れだしたら、たちまちシステムが作動するはず……われわれもすぐさま消えないとな」

「排気シャフトを使ってですか？」ダットゥ・ヴァルケンだ。

「ほかに手段はない」

「いやだな」

「わたしもいやだ」そういったのはトヴァリ・ロコシャンだった。「ひとつ代替案がありますよ。イルナを解放したあと、そのまま突破して地表をめざしましょう。それから《カルミナ》を呼んで緊急スタートし、大気圏を抜けてからハウリ人基地にトランスフォーム爆弾をぶっぱなすんです」

「エイレーネはどうするのだ?」と、アトラン。自分勝手なことばかりいう連中に、だんだん腹がたってきていた。「もし、スタート前に彼女がもどってこなかったら?」

「それは危惧されるところだな。だったら、やっぱり排気シャフトしかありませんね」

トヴァリは不機嫌に応じ、かぶりを振った。「ペリー・ローダンのわがまま娘がぶじにもどってきたら、お尻をぶってやってくださいよ、アトラン」

「なぜわたしが? きみがやればいいではないか」

「カマシュ人は子供にお仕置きするのが大の苦手なんです」トヴァリは鼻に皺をよせる。宇宙兵四名がどっと笑った。アトランはあきれてものもいえない。

憤慨しつつ、列車のドアを開けて乗りこみ、ほかの者たちにもつづくよう合図する。

乗り物の動かしかたはすぐにわかった。ハウリ人もヒューマノイドだから、その技術は基本的にギャラクティカム諸種族とあまり変わらない。操作方法はシンプルで、スタート/ストップと、前進/後退の指示があるだけ。

あとはすべて自動操縦だ。

すぐにスタートした。列車は磁気レール上を音もなく動きだし、明るく照らされたトンネルへと入る。

およそ五分後、次の駅に到着。すこしたつと、また動きだす。これが等間隔でくりかえされ……三度めにアトランと仲間たちは列車から降りて、めざす供給施設につながると思われる通廊に入った。

ここでも問題なくスムーズに移動できた。通廊には搬送ベルトが両方向にはしっていたから。ベルトに乗って三分ほど行くと、分岐ホールに到達。中央にプラットフォームがあり、そこから別方向への通廊が六本のびている。

アトランはおちつかない気分で肩を揺すった。付帯脳がこう忠告してきたのだ。

〈これほどかんたんにことが運ぶはずはない！　なにもかも、うまくいきすぎだ。待ち伏せされているかもしれんぞ。万一の事態にそなえろ！〉

自身もまた、ものごとを頭から信用してはまずいと思いはじめたところだ。付帯脳の忠告にしたがう用意はできている。

それでも、万一にそなえてアトランと仲間たちができたのは、武器の発射準備をすることと、生物やロボットの接近をいち早く知るために宇宙服の探知システムをオンにしておくことだけだったが。

それをやりおえたとたん、周囲で重厚な装甲ハッチが閉じた。閉じこめられたのだ。きた道をもどることもできない。

「やめろ！」アトランは、インパルス・モードにしたコンビ銃でうしろ側のハッチを狙ったジェシュワ・トマソフに向かって叫ぶ。「われわれを閉じこめた相手がだれにせよ、ハッチを撃たれることだけはがまんならないはず」

「状況判断が的確だな、アトラン」低く豊かな声がかくしスピーカーから響きわたった。インターコスモだ。「ぜひともその分別をもって、全面降伏せよというこちらの要求にしたがってもらいたい。わたしはプラトゥル・グム・クロザン、スリンガルⅣ基地の指揮官だ。きみたちは重武装部隊に包囲された。抵抗してもむだだぞ。ちなみに、そちらの船はわれわれが掌握し、見張りの女要員もとりおさえた。降伏しろ。そうすれば命まではとらない」

〈これでわかったか、バス＝テトのイルナは裏切り者だということが！〉付帯脳があざけるようにいった。〈プラトゥル・グム・クロザンはおまえの名前を知っていた。イルナが教えたとしか考えられない。どう弁明したところで、認めざるをえまい〉

アルコン人はがっくりうなだれた。

理性の声に対してこれ以上おのれを閉ざしてはまずいという、ぎりぎりのタイミングがいつだったか、わかっていたのだ。それでも最後にはイルナの潔白が証明されるはずだと思い、わずかな希望にしがみついてしまった。

だが、まずは現実に屈するしかない。

「降伏する、プラトゥル・グム・クロザン！」そう叫び、コンビ銃を床に置く。ほかの面々も悔しそうな顔でそれにならった……

7

かれらはマグネット列車でハウリ人基地の奥深くに連れていかれた。手足をロボット枷《かせ》で拘束され、無蓋の小型貨物車輌にひとりずつ入れられて。ひとりに対して戦闘服姿のハウリ人が六名つき、きびしい表情でじっと見張っている。

アトランは列車が進むあいだに状況が許すかぎり、周囲のようすを観察したが、驚くと同時に多少の敬意をいだかざるをえなかった。ハウリ人がスリンガルⅣに築いたのは、まさにほんものの地下要塞都市だ。居住区域、工場地帯、発電所、倉庫……展開と格納が可能な砲塔まで、すべてそろっている。

走行中、地下宇宙港にある積載・整備施設のようすを垣間見《かいまみ》ることもできた。ここでもハウリ人が貨物の積みおろしや整備を非常に迅速におこなっているのに驚かされる。

アルコン人はすぐに思いいたった。プラトゥル・グム・クロザンはこの光景を、なんの下心もなく自分たち捕虜に見せたわけではあるまい。おそらく、M－33におけるハウリ人の力を誇示しようと考えたのだ。ひょっとしたら、こちらを説き伏せ、なんらかのかたちで協力をもとめるつもりかもしれない。

　これから壮絶な時間が待っているだろう。むろん、敵に協力するなどありえないが、ハウリ人たちはそれを納得する前にあらゆる肉体的・心理的拷問を駆使して、こちらの気を変えさせようとするにちがいない。

　考えると気分が暗くなるばかりだが、そんななかで唯一の光明は、まだバス＝テトのイルナが姿を見せていないことだ。エイレーネやサトリ・ジョーラハルや付帯脳のいうとおりイルナが本当に裏切り者ならば、いまごろあらわれているはず。そうならないまま時間が過ぎるにつれ、ふたたびアルコン人の期待は高まるのだった。ぞっとするような疑惑は根拠のないものだったと、いずれわかるのではないか。

　結局のところ、ハウリ人基地の指揮官がアトランの名を知っていたからといって、それが裏切りの証拠にはならない。プラトゥル・グム・クロザンがイルナを薬剤で尋問して聞きだしたとも考えられる。彼女が自白剤に免疫を持つならば、なにかほかの手段を使ったのかもしれない。あるいは銀河系・三角座銀河間で行きかうギャラクティカムとギャラクティカーの通信を傍受して、かれの名前やその他の事実を知ったのか。

　そこでアトランは考えをめぐらせるのをやめた。マグネット列車が大きな駅に到着したのだ。貨物や乗客がひっきりなしに行き来している。

　列車はゆっくり動いてもよりの軌道に入り、磁気レールの上で停止した。ハウリ人の見張りが捕虜たちを斜路へと追いたて、明るく照らされたひろい通廊へ連れていく。

ここでもアトランは、ハウリ人の堅牢な建築方式に舌を巻いた。黒いメタルプラスティック製の壁は非常に巨大だが、多数の細い部分に分かれており、その隙間を弾力性のある暗赤色の物質がかためて支えている。梁《はり》のない丸天井は半円アーチや横断アーチで補強され、より安定性を増していた。地殻構造活動がさかんな惑星の地下に設備をつくる場合、欠かせない処置である。

ハウリ人はこの地下帝国の強度に関して、なんの心配もいだいていないようだ。当然だろう。列車で基地内を走行中、何度か地殻振動を感じはしたものの、地震で被害を受けたような個所はひとつも見られなかったから。

見張りに連れられて捕虜たちがやってきたのは、陰気な赤い光に照らされたホールだった。開いたドアからなかに入ったアトランは、室内の設備に注意を向けた。

ドーム状ホールはインドの寺院を思わせるつくりだが、相違点は神の絵や偶像がないこと。壁には暗赤色のカーテンがかかっており、丸天井の下にはぴかぴかに磨かれた直径三十メートルほどの黒い〝円楯〟が見える。そのほかは、純金を打ちだしたように見える巨大なシンボルがひとつ、奥の壁にあるだけだ。シンボルは半円形で、そこから恒星の放射みたいな線が出ていた。線は左から右にいくにつれて長くなる。

この恒星シンボルの数メートル前に、半円形のテーブルがひとつあった。手前側にスツールが七つ、〝恒星〟に近いほうの反対側に大きな椅子が三脚ならんでいる。

その一脚に、だれかすわっていた。痩せさらばえた長身の姿を見れば、まちがいなくハウリ人だとわかる。カーキ色のコンビネーションは、からだが骨と皮だけでできているようにだぶだぶだ。大きくくぼんだ眼窩《がんか》のある〝骸骨頭〟を、革に似た濃褐色の皮膚がおおっている。これもまたハウリ人の典型的特徴である。

アトランはすぐにわかった。基地指揮官プラトゥル・グム・クロザンにちがいない。おそらくここから通信装置を使い、分岐ホールにいた侵入者たちに語りかけたのだろう。だが、アルコン人の注意はプラトゥル・グム・クロザンのみに向けられたのではない。もっと興味を引かれたのは、赤胴色の髪のヒューマノイドだった。こちらに背を向けた状態で、半円形テーブル手前側のスツールにすわっている。女だろう。セランを着用し……かれと同様、自動反応するロボット枷に手足を拘束されている。

アトランは急いで彼女に歩みよった。枷があるため足を大きく踏みだすことができず、中くらいの速度しか出せない。その速度を超えようとしたとき、動きがとまってしまった。

かれはよろめき、あやうく転倒しそうになった。だが、超人的な意志の力でなんとか転ばずに持ちこたえる。

その物音を聞いて、スツールにすわった人物が振り向いた。

「アトラン?」と、ささやく。

サトリ・ジョーラハルだ。その顔には、まだパラライザーの作用がのこっているのがうかがえる。アトランは身の内のすべてが失望にわなわなと震えるのを感じた。精神高揚と期待のせいで理性が麻痺していたらしい。バス＝テトのイルナもハウリ人の捕虜となってこの場にいるのだと、思いこんでしまったのだから。

目眩《めまい》をおぼえてよろめき、ハウリ人兵士二名に支えられた。

「かれの足枷《あしかせ》を解除せよ!」テーブルの向こうの椅子にすわるハウリ人が命令した。

「ほかの捕虜もだ。全員、席につかせろ!」

アトランはぼうっとしたままテーブルに進み、スツールに腰をおろす。足枷がはずれたことにも気づかずに。

だが、そんな状態は数秒しかつづかない。かれはわれに返り、自制をとりもどした。

椅子にすわるハウリ人に鋭い目を向け、

「基地指揮官プラトゥル・グム・クロザンだな」と、わざと相手を見おろすようにして断じる。

ハウリ人はからだをまっすぐに起こし、

「プラトゥルと呼んでかまわない」と、朗々たる声で応じた。胸のトランスレーターがそれを完璧なインターコスモに翻訳する。「あなたはアトラン、ギャラクティカムを二番めに代表する存在だな。だが、ペリー・ローダンの不在中は最有力者だろう」

「ペリー・ローダンについてなにを知っている？」アトランははっとして訊いた。

「行方不明だということしか知らない」

アルコン人は嘆息する。

親友の運命に関して具体的な話が聞けるかと、わずかのあいだ期待したのだが。どうやら通常宇宙にいるハウリ人には、ローダンがタルカン宇宙に飛ばされたことを知る手立てがないようだ。

そもそも、実際にタルカンに行きついたならばの話だが！

またもや失望と、あらたな不確定要素が生まれた。だがそれは、タルカンに遠征して友を探すのだというアルコン人の決意を、いっそう強める結果となっただけだ。

プラトゥルの言葉を聞いて、いまさらながら気づいたことがある。

「わたしの立場と影響力を買いかぶりすぎているぞ、プラトゥル」と、アトラン。「わたしは長いこと故郷銀河を留守にしていたため、ギャラクティカムでは客人も同然だ。わが不在中に設立されたこの組織において、幹部をつとめたことなど一度もない」

〈おのれを見くびるな！〉付帯脳がささやきかけた。〈まさにその長い不在ゆえに、おまえはギャラクティカム諸種族にとり、以前よりもっと伝説的存在となっている。これら諸種族を組織してタルカン宇宙の脅威と戦うにあたり、おまえの名前が決定的な役割

をはたすかもしれない……ペリー・ローダンがいないのだから〉

「あなたは自分の政治的重要性を過小評価しているようだ、アトラン」プラトゥルがいった。「わたしのほうがよく知っている。諜報部員たちの熱心な仕事のおかげでな。では、なぜわたしがあなたに罠でおびきよせて拘束するほどの価値を見いだしたと思うかね?」

イルナのことには触れていない! まだ望みはある。アルコン人はそう思い、

「なぜ苦労してまでそんなことをしたのか、わたしにはわからんな」と、皮肉な口調で返した。「だが、これから打ち明けてもらえるのだろう」

「もちろんだとも」ハウリ人は突然、目をぎらぎら光らせた。眼窩の奥でグリーンの炎が恐ろしげに燃える。「われわれ、きみたちギャラクティカーからハイパートロップの設計図を入手したいのだ。スーパー・ハイパートロップが数千台あれば、これまでより格段に大量のエネルギーをまかなえる。それで〝時間終止作戦〟の実行も加速するだろう」

「われわれと取引したいのか」アトランはそういいながら、これはふつうの取引ではないと確信した。プラトゥルの狂信的な目の輝きがそれを物語っている。これと同じ目をアルコン人は何度も、ほかの知性体と対峙《たいじ》したさいに見てきた。このような狂信者が理性的な取引をすると考えるのは、幻想にほかならない。

「〝時間終止作戦〟とは？」トゥヴァリ・ロコシャンが口をはさんだ。それでアトランは、この場にいるのが自分ひとりではないことを思いだす。

プラトゥルは相いかわらずぎらぎら燃えるような目でカマシュ人を見て、ふいに甲高《かんだか》い声を出した。

「〝時間終止〟は、最後の六日間の完成に向けてあらゆる手段と力を投じるというキイワードだ」

それから、ふつうの声でつづける。

「その一環として、われわれ、メエコラーの恒星をこれまでより大量かつ頻繁にタルカンへ遷移させる。また、ベクトリング可能グリゴロフの関係書類は破棄し、ギャラクティカーがメエコラーとタルカンを行き来できないようにする。両宇宙の境界を超えることは許されない」

アルコン人は〝時間終止作戦〟という言葉がどれほど大規模な危機をはらんでいるか予感しはじめ、戦慄をおぼえた。タルカンの勢力が通常宇宙に突きつけた問題は、これまで考えていたよりずっと恐ろしいもの。

だがそれでも、外見はまったく涼しいポーカーフェイスのまま、侮蔑的な笑みさえ浮かべてこういった。

「すべては実現不可能な妄想だ、プラトゥル。ギャラクティカムとM－33における真の力関係をきみは知らない。なにもかも、誤った想定のもとに導きだしている」

次の瞬間、かれの笑みは凍りついた。〝恒星シンボル〟の右側にあるサイドドアから一人物がホールに入ってきて、プラトゥルの左のあいた椅子にすわったのだ。それは、アトランがあまりによく知る相手だった。

ヒューマノイドの女。身長一・七〇メートル、細身だが鍛えられた肉体、女らしいプロポーションの持ち主。なめらかな褐色の肌がゴールドに輝いて見える。赤胴色の髪、黒い目。アコン人貴族にのみ見られる完璧に左右対称の顔からは、強いオーラが発散されている。

バス＝テトのイルナ！

アトランは、深淵の地ではじめて彼女に出会った十八年前と同じ衝撃を受けた。

彼女こそ、わが女神だ！

そして自分は彼女に仕え、彼女のために戦う騎士だ！

永遠に！

ホールに入ってきたイルナを見たとき、自分が立ちあがっていたことに、アトランはいまはじめて気がついた。思わずひざまずきそうになる……それは屈従のポーズではなく、古代アルコン貴族の騎士の伝統において、生きる力を高めてくれる理想の女性に対する不変の愛と尊敬をあらわすしぐさだ。とはいえ、これをテラの中世における貴婦人への奉仕的恋愛と同じものと見るのは誤りなのだが。

それでもアトランは結局ひざまずいたりせず、硬直して立ちつくしていた。なぜならこのとき、ある事実に気づいたから。バス＝テトのイルナは拘束されてもいなければ、見張りにつきそわれてもいない。こうべをあげたまま入ってきて、ひとりでプラトゥルに近づき、当然のように隣りの椅子にすわったのである。

プラトゥル・グム・クロザンは彼女のほうを向き、こういった。

「われわれがギャラクティカムの力関係を知りつくしていることを、かれに教えてやれ。われらの計画を実現不可能と考えるなら、それは眩惑されているのだと！」

女アコン人の高慢な、軽蔑的ともいえる目つきを見たとき、アトランの背中に冷たいものがはしった。イルナはいった。

「アトランはわれわれの計画遂行において鍵を握る人物。かれを脅し、こちらの手に《バジス》がわたるようにさせるわ。そうすれば、政治・軍事・科学の各分野におけるギャラクティカムの指導者をとりこめるだけでなく、技術面でも大きな可能性が手に入るから。われらの勝利は近い……そして、最後の六日間がはじまる」

アルコン人は愕然としてすわりこんだ。

ひとことも口に出せない。ずいぶん長く生きてきたが、これほどの失望を味わったのははじめてだった。

つい先ほどまで、あらゆる疑惑を超越する存在だった女が、かれの信頼を打ち砕き、完膚なきまでにたたきのめしたのだから。

8

「どうしたらアトランを解放できるか、考えているようですね」ドリフェル・カプセルがいった。「かれが捕まったと仮定してですが」

「捕まったにきまってるわ。イルナの策略にはまり、罠におびきよせられたのよ」

エイレーネはそう応じ、カプセル機首の透明キャノピーごしに外を見た。ほぼ八万キロメートル先に惑星スリンガルⅣが、そのななめうしろに恒星スリンガル・アルファが光っている。右舷に目を転じると、青色巨星スリンガル・ベータの射るような輝き。完全な屈光技術により遮蔽されていても、血の凍る思いがする。彼女は目をしばたたいた。

ハウリ人のエネルギー・フィールドごしにカプセルからスリンガル連星系を見ることができるのを、もうエイレーネはなんとも思っていない。すこし前にカプセルに乗って《カルミナ》から離脱し、スリンガルⅣの大気圏を抜けたときには驚いたが。それ以来、クエリオンのスーパー技術があればすべて当然だと受けとめている。どのドリフェル・カプセルにも、妨害不能の探知システムが装備されているのだ。

ただし、コスモヌクレオチドの内部は例外だが。彼女は一年ほど前、みずからそれを体験したもの。

「スリンガルⅣは人工的な妨害フィールドにくわえ、きわめて強い磁場を持つ光環にもおおわれています。わたしの技術手段を使ってこれに細工すれば、短時間ですがショック・ビームに似た作用をもたらすことができます。これに見舞われた知性体は精神錯乱状態となり、パニックが起きるでしょう」ドリフェル・カプセルが説明する。

エイレーネは考えこんだ。

イルナの正体を暴いてアトランを解放すると決心している。そのために使える手段はすべて使うつもりだ。だからこそ、まだ《カルミナ》がスリンガルⅣをめざして降下中だったときにドリフェル・カプセルで離脱したのだった。アルコン人とともに罠に落ちることなく、もっとも効果的なタイミングで介入するには、ひそかに力をためておかないと。すべては自分にかかっているのだから。

ハウリ人はカプセルを探知していない。よしんば基地のすぐ上空を飛んだとしても、探知されないだろう。かれらの技術はクエリオンのスーパー技術にかなわないから。だけど、なにか成果を得たければ、自分から行動を起こす必要がある。時間はわたしに味方してくれない。いずれハウリ人は機械や自白剤を使って捕虜を尋問するだろう。そうしたら、ドリフェル・カプセルが基地上空を行き来していると知られてしまう。もしかするとハウリ人は、カプセルに手を出せないとわかった時点で、アトランを可及的すみやかに船に乗せてほかの基地に連れていくかもしれない……そうなったら、かれのシュプールは永遠に失われてしまう。

「行動に出なくちゃ、《ナル》！」エイレーネはきっぱりいった。「とはいえ、ハウリ人基地のすべてにショック・ビームを浴びせるわけにはいかない。アトランまで巻きこんでしまうから。でも、ひとつチャンスがあるわ。《カルミナ》よ。まだそのまま着陸場所にいるでしょ」

「しかし、わたしの計測によれば《カルミナ》は、アトランとその一行が基地に侵入したあと、特殊兵器とパラライザーで攻撃され掌握されました。それについてはお知らせしたはずですが」と、ドリフェル・カプセル。

「あなたの情報が正しいことはわかってる。だけど、船はいまもハウリ人が探知できない領域にあるのよね。イルナが場所を洩らさないかぎり、見つからない。こっちがまた《カルミナ》を奪いかえしても、基地に気づかれることはないわ」

「長い時間は無理です！」カプセルがいいふくめる。

「もちろんそうよ。でも、アトランを解放してイルナを捕らえ、ほかのみんなを船に連れてきてスタートできる時間さえあればいいの」

「大胆不敵な試みですが、確固不動たる計画とまではいえません」と、カプセルが反論。

「確固不動？」エイレーネはくりかえし、かわいらしい顔にあざけるような笑みを浮かべた。「もしかしてアトランの口まねなの、《ナル》？」

「わたしはただ、あなたたちに通じる素朴な専門用語を使って簡潔に説明しようとしただけです」カプセルが答えた。

それを聞いたエイレーネは、しばらく言葉が出なかった。

だが、やがて気づく。《ナル》はちょっとした当てこすりをしたのだろう。カプセルより自分のほうが上位だと思いたい誘惑に、エイレーネが負けてしまったから。しかし、それは危険な考えだ。もし、こみいった状況で一度でもカプセルの忠告を馬耳東風と聞き流したなら、アトラン救出作戦は水の泡となる。

「アドバイスしてちょうだい。《カルミナ》奪還作戦を挙行するべきだと思う？」と、訊いてみる。

「その質問に答える前に、ひとつ絶対にたしかめておきたいことがあります」カプセルの返事だ。「バス＝テトのイルナはアトランを裏切ったのですか、ちがうのですか？」

「彼女は裏切り者よ！」エイレーネは憎らしげに吐き捨てた。「イルナがいなければ、アトランがハウリ人の罠にかかることはなかったはず」

そう口にしたとたん、納得できるような論拠ではないと、エイレーネ自身もわかった。ところが、この論拠を説得力あるものにする状況が生じる。カプセルがこういったのだ。

「そのとおりですね。下の基地で数秒間エネルギー・バリアがとぎれたため、アトランのネット・コンビネーションからピココンピュータが知らせてきました。バス＝テトのイルナみずから、裏切ったことを認めたようです」

ローダンの娘の目に怒りの涙があふれた。自分でも驚いたことに、イルナが裏切り者だと本心から確信したのは、このときがはじめてだったのだ。

それまでは感情が憶測をかきたてるにまかせていただけで、イルナに悪いとも思っていなかった。それがわかってエイレーネは動揺する。

だが、動揺はやがて安堵の念におきかわった。これでイルナの罪と、自分に罪がないことを明らかにできるから。

「アトランのピココンピュータと通信できるの、《ナル》？」

「やりとりは一方通行です。向こうはネット・コンビネーションのミニカム経由でつねに情報を送ってきますが、こちらのメッセージは受信できません。それに、またエネルギー・バリアが復活しました」

エイレーネは深く息をついた。

「だったら、アトランに知らせずにやるしかないわ！」と、きっぱりいう。「惑星の磁場を細工して《カルミナ》を掌握しているハウリ人部隊を錯乱させ、わたしが無力化するまで行動不能にしてちょうだい！　それと同時に《カルミナ》の着陸場所にコースをとり、ドッキングするのよ！　あとはすべてわたしにまかせて！」

「いい計画です」と、カプセル。「ハーネスを締めてください、エイレーネ。スタートします！」

＊

連星とスリンガルⅣの相対的な動きから、ドリフェル・カプセルが加速したのがわかる。だが数秒後、その感覚は消え、光と色の織りなす〝花火〟があらわれた。カプセルがプシオン・ネットに進入したのだ。

その理由を、エイレーネはたずねなかった。スリンガルⅣまでの比較的みじかい距離をプシネット経由で移動するのがたんに時間節約のためなのか、疑問ではあったのだが。《ナル》にはほかの理由があるのかもしれない。

彼女はなかば無意識にジョイントシートのハーネスをたしかめ、ついでにカプセル前方のほぼ三分の一を占める機器類をじっと見つめた。何度か考えたことだが、ドリフェル・カプセルというのは本当に技術の産物なのだろうか。技術品に見えて、その奥にはもしかしたら、独自意識を持つ有機知性体みたいなものがかくれているんじゃないか。

そう考えるのには理由があった。《ナル》は感情的な動きをしめすことがよくあるのだ。それればかりか、知性体の思考を読みとったり、メンタル手段でメッセージを伝えてきたりもする。

だが、今回もまた答えを見つけることはできなかった。五分もたたないうちにエネルプシ航行にもどり、四次元時空連続体に復帰したから。

カプセルはすでにスリンガルⅣの大気圏内にいた。惑星は有毒な赤褐色の靄におおわれている。《ナル》がエイレーネのななめ下方に投影したヴィデオ・スクリーンには、アトランのネット船《カルミナ》がうつしだされていた。硬化した溶岩からなる地殻の上に不安定に着陸している。カプセルがないので、いつも以上にブラスターそっくりだ。

「《カルミナ》内にはハウリ人が八名います」《ナル》が報告。「完全にパニック状態で、搭載兵器の使用も船のスタートも、基地との通信連絡も不可能ですが、まったく危険でないとはいえません。いずれ粗暴な行為に出て攻撃してくる恐れもあります」

「自分の身は自分で守るわ」エイレーネはネット・コンビネーションの耐圧ヘルメットを閉じ、システムチェックを実行した。

ヴィデオ・スクリーンを見ると、《ナル》が渦巻く有毒大気を突っ切ったところだ。やがてカプセルは《カルミナ》に近づき、定位置に接舷した。

〈幸運を!〉《ナル》がメンタル・メッセージを送ってくる。

エイレーネはなにもいわず、三通りの機能を持つコンビ銃を右手に持つと、ライトグレイの金属外被に生じた開口部から外へ出た。カプセルは人工重力フィールドによって

《カルミナ》の格納庫にそっとおりる。機体の三分の二が入ったところで、格納庫内壁にあるリング状の一セクターに外被が強く押しつけられ、気密状態となって密閉される。

ネット・コンビネーションの探知機が〝仕事をする〟あいだ、エイレーネは細心の注意をもって、透明ヘルメットの内側に表示される結果を見つめた。

船の残存システムが作動し、反重力シャフトのエネルギー・フィールドがオンになるのがわかる。探知機はハウリ人八名の存在を知らせてこない。そのかわり、べつのものを探知した。

これにエイレーネは冷静に対処する。反重力シャフトに足を踏み入れると同時に、思考命令で〝オルガン〟のスイッチを入れたのだ。オルガンといっても楽器ではない。正しくはランダム・シントロン・パルス・イニシエーターという防御武器である。高エネルギーのシントロン・インパルスを放射することで、自分が特定した範囲内にいるロボットを無力化できる。

ネット・コンビネーションに組みこまれたこの武器がいかなる効力を発揮するものか、ローダンの娘はまたもや確認することになった。反重力シャフトで最上層に着いたとき、ロボット二体と遭遇したのだ。攻撃にそなえてハウリ人が配備しておいたのだろう。オルガンのおかげでロボットは動きをとめ、視覚セルの光も消えた。

そのほかにロボットの類《たぐ》いがいないことを確認すると、エイレーネはオルガンをオフにした。船内システムをうっかり誤作動させてしまってはまずいから。

つづいてコンビネーションのパラトロン・バリアを展開し、輪郭モードに調整する。

数秒後、最初のハウリ人と遭遇した。

武器は帯びていない。おそらく、パニックに襲われたさいに投げ捨てたのだろう。両手で顔をおおったまま、よろめき歩いてくる。

不要なリスクを冒す気はない。エイレーネはコンビ銃をパラライザーにセットして発射し、相手を麻痺させた。

同じやりかたで、数分間にあと六名のハウリ人を無力化する。

最後の一名をしばらく探しつづけ……ついに《カルミナ》のエンジン区域にある機械室のなかにいるのを発見。

八番めのハウリ人はフィールド導体の両極間に横たわっていた。溶けたプラスティックのにおいがする。はなれた場所に転がった武器を見て、この男は死んでいるらしいとエイレーネは思った。残余エネルギーのフラッシュオーヴァに見舞われたのだろう。

コンビネーションの探知・走査システムを使い、もう一ワットも残余エネルギーがないことを確認してから、パラトロン・バリアを切ってハウリ人のもとにかがみこんだ。もしかしたら生きているかもしれない。わきに引っ張っていき、たしかめようと思ったのだ。

その瞬間だった。ハウリ人の手刀が殺人的な力で、ネット・コンビネーション頸もとのリングを直撃。すこしのあいだ、脳への血流が遮断される。

エイレーネはくずおれ、目の前が真っ暗になった。しかし、ここでくじけたらアトランを失ってしまう。その思いが鞭《むち》となって想像もできないほどの意志力が生まれ、失神せずにすんだ。

ハウリ人のほうは完璧にうまくいったと考えたらしい。〝獲物〟のそばで膝立ちになると、ヘルメットをはねあげ、バイブレーション・ナイフをとりだした。獲物がどんな技術を装備しているか、きつく閉じられたネット・コンビネーションの前を切り裂いて調べるつもりなのだ。

エイレーネにはまだそれが見えない。だが、敵がなにをするのか、なかば感じ、なかば予測している。

そこですばやく、両腕を上に突きあげた……アトランが何度も訓練して教えてくれたとおり、全身で集中し、正確に狙いをつけて。力をこめたおかげで、敵は腕の感覚をなくしたらしい。上半身がなすすべなく揺れ動いている。

どうしたわけか、バイブレーション・ナイフの柄がエイレーネの右手のなかにあった。刃の振動を感じる。彼女は右手をうしろに引き、次の瞬間、敵に向けてナイフをくりだそうとした。

だが、最後の瞬間に思いとどまり、致死性の武器をそばに投げ捨てる。相手は殺されると覚悟したらしい。気を失ったように、彼女の上におおいかぶさってきた。

しばらくして、また周囲が見えるようになると、彼女は敵の下から這いだした。そのあいだに相手はふたたび動けるようになっている。

こんどこそ失敗は許されない。攻撃されて落としてしまったコンビ銃をひろいあげ、ハウリ人を麻痺させた。

彼女は震撼《しんかん》しながら、床に転がったバイブレーション・ナイフを見た。まだ刃が高速で振動している。それなりの状況になれば、自分もまた、たちまちほかの知性体を殺す誘惑に負けてしまうのだとわかり……その誘惑に打ち勝つことができて安堵したとはいえ、心の痛みを感じた。

こわばった足取りでナイフに向かい、スイッチを切る。吐き気をおぼえつつ、もよりの廃棄物分解機に投げこんだ。

そのあと十分ほど、目を閉じて壁にもたれかかる。それからようやく気をとりなおし、反重力シャフトで司令室まであがっていった。計画の第二段階に向けて準備するのだ。こんどはアトランを救いださなければ。

9

監房の装甲ドアが音をたてて開いた。アトランははっとする。

どうやら眠っていたらしい。プラトゥル・グム・クロザンとほかのハウリ人から十五時間におよぶ尋問を受け、あまりに疲労困憊《こんぱい》したせいだろう。

アルコン人に対して自白剤が効かないとわかると、かれらは捕虜を〝へとへとにさせる〟作戦に切り替えた。尋問をやめてくれるならなんでもする、といわせる狙いだ。

肉体的に痛めつけたりはしない。そんなやりかたは高い知性がじゃまするのだろう。だが、あらゆるトリックを使って休みなく尋問し、睡眠時間や水分をとりあげれば、いかなる者でも意志をくじかれると考えたらしい。

いや、〝たいていの者なら〟といいなおすべきだ。アルコン人はけっして弱音を吐かないから。

アトランはベッドとしてあてがわれたクッションつき寝椅子から身を起こし、両脚を下におろした。だれかがよろめきながら監房に入ってくる。

「トヴァリ！」かれはカマシュ人の顔を見て驚いた。血が出ている。

「そのまま！」トヴァリ・ロコシャンは重い足取りで、ふたつあるスツールのひとつにどさりとすわりこんだ。「拷問されたわけじゃありません。脱走しようとして転んだだけです。当然、ハウリ人は腹をたてて治療もしてくれませんが、傷はたいしたことないので」

にんまり笑い、傷だらけの額の生えぎわを右手でなでた。そのさい、もじゃもじゃの髪に指を這わせる。黒い髪が目や耳の上にわさわさと垂れかかる。

すると、かれの指は黒く光るちいさな物体をつまんでいた。テラで見かけるゲーム用さいころくらいの大きさだ。

トヴァリはその物体をおや指とひとさし指で押しつぶすようにし、テーブルの上に置いて話しはじめた。

「これでいまから二分間、ここの盗聴装置は使えなくなります。だれにも聞かれる心配はありません。わたしはイルナにいわれてきました。彼女、本当はギャラクティカムの任務でハウリ人の情報を集めているんです」

アトランの鼓動は、痛みを感じるほどに速くなった。

「だが、なぜ……？」

「まず聞いてください！」トヴァリがアルコン人をさえぎった。「ハウリ人はストレンジネス・ショックをまぬがれる方法を知っていて、それをイルナはプラトゥルから聞きだそうとしています。ハウリ人がM－33でなにをする気かも突きとめるつもりです。かれらはスリンガルⅣのよりもっと大規模な設備を、この銀河のほかの惑星に建造しました。イルナはそれを知ったのです」

「だったら、プラトゥルを乗っとって秘密を探ればいいではないか？」アルコン人は割りこんだ。こんどは途中でさえぎられない。

「彼女のペドトランスファー能力はハウリ人には通用しません」カマシュ人が答える。多目的アームバンドのクロノグラフにちらりと目をやり、急いでつづけた。「イルナからのことづけです。彼女を無条件に信じ、プラトゥルの要求をのんでほしいとのこと。かれは《バジス》を罠にかけておびきよせる気です。あなたは最初は抵抗しても、受け入れてください。イルナはハウリ人の主基地を餌にして、われわれ全員をそこへ連れていこうとしている。そこで真の指揮官とあなたを引き合わせるつもりでしょう。どんな相手かは彼女も知りませんが、いわゆる高位者を意味すると思われる呼称を小耳にはさんだそうです。〝ヘクサメロンの預言者〟とか〝炎の侯爵〟とか」

アトランは目眩をおぼえた。

なんというジレンマだろう。

バス＝テトのイルナを信じたい思いはある。だが、自分にはギャラクティカムに対する責任があるのだ。ギャラクティカム諸種族の安全を脅かすようなことに手を染めるわけにはいかない。

「どうすればいい？」と、カマシュ人に訊いた。「イルナがプラトゥルの信頼を得ているのは確実だ。だが、彼女が本当にわれわれの味方なら、なぜそのようなことができたのか？」

「忘れちゃいけない。彼女はアコンのもとエネルギー・コマンドで、精鋭の工作員なんですよ！」と、トヴァリ。「あなたの部下だったUSOスペシャリストの面々にまさるとも劣らない潜入テクニックを持つはず。考えるひまはありません、アトラン！」

「わたしは彼女の指示にしたがう、トヴァリ」アトランは約束した。

カマシュ人は熱心にうなずくと、テーブルの黒いさいころを指でふたたび押しつぶし、口に入れてのみこんだ。

次の瞬間、監房の装甲ドアが開いて、ハウリ人三名が入ってくる。一名が捕虜ふたりにビーム銃を向けるあいだ、ほかの二名は素粒子計測機器のようなスティックを使って床や天井や壁を調べた。

結果は満足いくものではなかったらしい。

三名はハウリ語で興奮したようにしゃべっていたが、こんどは捕虜たちを可能なかぎり徹底的に検査する。

それがすむと、ひとこともいわずに出ていった。明らかに不満げなようすで。

アトランはカマシュ人を問うように見る。

トヴァリは唇にひとさし指を当ててから、もうひとつあるベッドのほうへ歩いていき、なかにもぐりこんだ。

アトランもふたたびベッドに横になり、トヴァリから聞いたイルナの言葉を吟味してみる。

どうも気にいらなかった。

話を聞けば、たしかにイルナは自分とギャラクティカムの味方であるかのようだが、彼女自身の言葉以外に証拠はない。

それに彼女がハウリ人の、とりわけ指揮官プラトゥル・グム・クロザンの信頼を得ているのは明らか。しかも、この信頼は絶対にただで手に入るものではない。つまり彼女は、自分がハウリ人の味方で信頼に値《あた》いする人物だということを、態度と行動をもって相手に納得させたわけだ。

なにが真実で、なにがいつわりなのか？

思わずため息が出た。

イルナはふたつの顔を使いわけている。それはたしかだ。ハウリ人との協働は、たぶん実際に見かけだけかもしれない。しかし、彼女はアコンのもとエネルギー・コマンドで、かつてUSOやほかの諜報機関にも存在したような精鋭工作員だ。ふたつの勢力と対峙しつつ、両者を手玉にとって独善的に行動する……そんな誘惑に抗しきれなかった可能性もないとはいえない。

これを計算に入れておくのも自分の義務だと、アトランはわかっていた。だが、おのれに不誠実でありたくなければ、トヴァリ・ロコシャンへの約束を破ってはならないこともわかっている。

バス＝テトのイルナの指示にしたがうと約束したのだ。同時に、かれは覚悟を決めた。もしイルナが自分をたぶらかしていると判明したら、いつでも彼女と対決すると。

＊

ハウリ人の基地に忍びこんでアトランとその一行を解放するのがむずかしいことは、エイレーネにもわかっていた。

だが、彼女がその困難の規模を本当に意識したのは、計画の第一段階が成功したあとだ。

あれがうまくいったのは、ほとんど奇蹟といっていい。

あのあと《カルミナ》の司令室と火器管制センターに行った。いくつかのスイッチにプログラミングをほどこし、自分のミニカムからコード・シグナルを送って実行できるように調整したのち、ドリフェル・カプセルにもどってスタートした。

そこで、宇宙船往来路を通ってスリンガルⅣに進入しようとする一ハウリ船を発見。カプセルがハウリ人に探知される恐れはないため、この船にマグネット手段でドッキングするのはかんたんだった。ハウリ船とともに基地の宇宙港へと運ばれていく。船は着陸して一シャフトに入り、地下深くにある積み替え場まで行った。

そこで最初の危機に遭遇。荷おろしを短時間ですませる目的で、ロボット積みこみ機が大型船の上におりてきたさい、ロボットの回転アームがドリフェル・カプセルをかすめたのだ。そのせいで荷おろしがストップしたため、原因を究明しようと、整備ロボットが船内にあふれかえる。

さいわい、《ナル》はわずかなチャンスを見つけて飛びつき、中央空調施設にある輸送パイプのなかに逃げこんだ。整備ロボットは先ほどの出来ごとを積みこみ機の誤作動と分析するはずだと、エイレーネは思った。

だが、そこで文字どおり立ち往生となってしまう。

基地でなにかの準備が進行中らしく、輸送パイプのなかは荷物を満載したコンテナがベルトコンベアの上を行きかっているし、通廊にはひっきりなしにハウリ人宙航士が入ってくる。どうやら装備と命令を受けとり、まもなく船に乗って基地をスタートするようだ。

これでは中央空調施設を出ることはできない。見わたすかぎり、輸送パイプも通廊もひどい混雑ぶりだ。カプセルがハウリ人かコンテナにぶつかるのは避けられない。

そんなことになれば、もう機械の誤作動と思わせるのは不可能だろう。

「こうなったら強行突破しかないわ、《ナル》」エイレーネは決意した。「ここから惑星磁場を細工して、ショック・ビームでパニックを引き起こすことはできる？」

「できますが、そうするとアトランの同行者たちも同じショックに見舞われますよ」カプセルが答える。

「アトランの同行者たち？　アトラン自身はどうなってるの？」

「かれはべつのセクションに連れていかれました。いまのところ、そこにハウリ人はいません。なので、アトランに影響がおよばないようにすることは可能でしょう」

「よかった！」ローダンの娘はもどかしげにいった。「だったら、まずアトランを解放するわ。そのセクションへはどうやって行くの？」

カプセルは判明したかぎりの情報を伝えた。アトランが基地のどこにいるか、短時間だけ方位測定できたのだ。とはいえ、パッシヴ探知なので、そこへつづく通廊や反重力シャフトについては一部しかわからない。

エイレーネにとってはそれで充分だった。道すがら、戦闘準備のできたハウリ人に出会うことはないと確信していたから。万一の場合にそなえてどうするか《ナル》から説明を受けたあと、カプセルを出て機体の陰にかくれ、ショック・ビームが基地にいきわたるのを待つ。

それから出発した。

こんどは《カルミナ》でのときほどスムーズにいかなかった。武装したハウリ人が数百名、通廊にあふれていたから。パニックのせいでエイレーネを敵とみなすことはしないものの、あちこち分別なく歩きまわっては、やみくもに周囲を撃っている。おかげでエイレーネは何度もかくれ場を探すはめになり、容赦なくパラライザーを発射して道を切り開くしかなかった。

そのため、アトランの監房に着いたときには計画していた時間の二倍が過ぎていた。装甲ドアの開閉メカニズムを長く調べているひまはない。コンビ銃を分子破壊モードにセットし、ドアを閉じるのに使われるエネルギー・フィールド・プロジェクターを強力ビームで〝断ち切る〟。

ドアがスライドした。開いたのは半分だけだが、隙間からなかをのぞくと、空のベッドがふたつとテーブルが見える。あとはなにもない。

リスクを冒したくないので、ネット・コンビネーションの外側スピーカーをオンにして呼んでみた。

「アトラン？」

次の瞬間、アルコン人とトヴァリ・ロコシャンが隙間から顔を出した。ふたりとも、警告するようにひとさし指を唇に当てている。

「ばかね！」エイレーネは明るくいった。「いまのところ、ハウリ人はなにもできないから大丈夫よ。《ナル》がショック・ビームでパニックを起こしたの。ほかの人たちがどこに拘束されているかわかる？」

「それはわかるけど」カマシュ人だ。「脱走するのはまずいよ。そんなこと、イルナの計画には入ってないから」

「イルナですって！」エイレーネは鼻息も荒く、「あの裏切り女の計画どおりにさせてたまるもんですか。ただ、いつかは捕虜として連れていくことになるかもね。ギャラクティカムの法廷で証言する義務があるから」

「それはおそらく、彼女に対する不当な見解だ」アトランが困惑して反論した。

「あら！」と、エイレーネ。「こんどは〝おそらく〟なのね。彼女の無実を完全に信じてるわけじゃないんだわ」

「聞くんだ！」トヴァリ・ロコシャンが叱りつける。「きみはまったくわかってない。とんでもないことをしてくれたな、エイレーネ。こうなったらもう、基地から逃走するしかないぞ。問題は《カルミナ》を奪還できるかどうかだが」

「それならもう、わたしがやったわよ」エイレーネは鼻であしらったが、きまり悪そうにつけくわえた。「ま、《ナル》にはずいぶん助けてもらったけど」

そのとき、左のほうで物音が聞こえ、数メートル先にイルナの姿があらわれる。エイレーネはそちらに向けて銃のボタンを押した……分子破壊モードのまま。

しかし、アトランがすばやくエイレーネの腕をはらったため、分子破壊ビームは天井をうがった。

「正気か？」アルコン人はどなりつけた。「もうすこしでイルナを殺すところだったのだぞ！」

エイレーネはあえぎつつ、内なる反抗心と戦う。アルコン人が彼女のコンビ銃をとりあげてパラライザーにセットし、ホルスターにさしこむのを凝視しながら。

それから不審げにアトランからイルナに視線をうつし、またアトランを見た。

女アコン人は怒りに燃える目をエイレーネに向けて、

「わたしを殺しかけたことについては責めないわ」と、恐いほどしずかな声でいった。「明らかに反射行動だから。でもいまは、これ以上まずいことをさせないため、この場であなたを麻痺させるべきじゃないかと真剣に考えている。あなたは慣用句に出てくる〝陶器店のゾウ〟さながら基地になだれこんできて、わたしが綿密に練りあげた計画をだいなしにしたのよ」

イルナはアトランのほうを向くと、

「トヴァリがぜんぶ説明したかどうかわからないけど……」

「必要なことはぜんぶ話した」カマシュ人が熱心に応じる。「きみの指示にしたがうと、かれもいってくれたよ」

イルナはうれしそうな笑みを浮かべた。だが、すぐに意気消沈した顔になり、

「基地はいま、どこも常軌を逸した状態よ。ほとんどのハウリ人がパニックを起こし、めちゃくちゃな行動に出ている。エイレーネ、あなたがなにをしたのか知らないけど、これだけははっきりいえるわ。プラトゥルは、部下が正気にもどったらすぐに徹底的な調査を命じるでしょう」

「《ナル》が……アトランのドリフェル・カプセルだけど……惑星の磁場に細工したの。それでショック・ビームが生じ、基地のハウリ人たちはパニックにおちいったわけ」と、エイレーネが説明した。

「そのショックはどれくらいつづくの？」イルナの声は鋭い。

エイレーネは多目的アームバンドのクロノグラフに目をやり、はっとした。あわててミニカムのスイッチを入れ、

「もう有効時間を過ぎてる」と、興奮して告げる。「ここへくるまでに何度も足どめされたせいで、うっかりしてた。でも大丈夫、みんな逃げられるわ。いまミニカム経由で

《カルミナ》にコード・シグナルを送ったから、すぐに基地への砲撃がはじまるはず」

その言葉が合図だったかのように、世界も沈没しそうな轟音が鳴りひびいた。

「この大ばか娘！」イルナが叫び声をあげ、エイレーネの頬を引っぱたく。「すぐにやめさせなさい、ハウリ人が《カルミナ》からの攻撃だと気づいて船を殲滅する前に。かれらが砲塔を展開すれば、ネット船なんて容易に破壊できるのよ！」それからアトランのほうを向き、「せっかく練りあげた計画だけど、放棄しましょう。いまはそれぞれ自分の身を救うしかない。わたしのいうとおりにするよう、エイレーネにいって！」

「砲撃をやめさせるのだ、エイレーネ！」アルコン人が唇を引き締めて命じる。

エイレーネはふたたびミニカムを操作した。数秒後、あたりがしずかになる。

「ほかの仲間たちのところへすみやかに案内するわ」イルナはアトランにいった。「武器もとりもどせるよう手配する。そのあとわたしは別行動して、ハウリ人を偽の手がかりに誘導するわ。それが唯一、あなたたちが基地を脱出して《カルミナ》にたどりつけるチャンスだから。スリンガルⅣのことはほうっておくのよ。ただし、この作戦が成功するのは、あなたたちがわたしを全面的に信じてくれる場合だけ」

「信じるもんですか！」エイレーネが全身を震わせて叫ぶ。「アトラン、こんな女のいうことを聞いちゃだめ。わたしたちを破滅させようとしてるのよ」

「ありうるな」アトランは蒼白な顔で応じた。「だが、それでもわたしはもう一度、彼女を信じてみようと思う」
「わたしも」と、カマシュ人。
「だったら、きて！」バス＝テトのイルナはいった。

10

アトランはネット・コンビネーションのミニカムを右耳の下につけたマイクロ受信機に切り替え、極限まで神経をとがらせた状態で、バス＝テトのイルナととりきめた合図を待っていた。ハウリ人をうまく偽の手がかりに誘導できたら、彼女がシグナルを送ってくることになっている。そうしたらアルコン人一行は出発する手はずだ。イルナ自身はあとから小型機で《カルミナ》にやってくる。

この作戦の成功はひとえに、正しいタイミングを正確に見はからって行動することにかかっていた。

かれは仲間たちの顔を順に見た。

全員、ここにいる……自分たちの武器をふたたび手にして。イルナがハウリ人のロボットを改造し、部屋に保管してあった武器を持っていかせたのだ。

エイレーネはアトランの視線を居心地悪そうに、それでも反抗的な目で受けとめた。

サトリ・ジョーラハルは口のはしをシニカルにゆがめ、なにか思いをめぐらせながらコンビ銃をなでている。ダットゥ・ヴァルケンは凝縮口糧バーを嚙み、ジェシュワ・トマソフはセランを念入りにチェックした……何度めかわからないが。アンラム・コサイスは目を閉じて唇を動かし、言葉は発しない。ターケル・ストラーテンは虎視眈々《こしたんたん》とドアを見つめ、イルナの合図がきたら突進しようと待ちかまえている。

そこにくぐもった爆発音が聞こえ、一行は身をすくませた。床が揺れ、壁がきしむ。さらに二回、爆発音が響き、基地は土台から揺さぶられた。

トランスフォーム爆弾だ。イルナがエイレーネのミニカムを使って《カルミナ》にコード・シグナルを送り、惑星大気圏の境界近くで発射させたものである。

これでハウリ人の注意は近傍の宇宙空間に向くはず。その後、イルナが基地の電子制御センターからエレクトロン手段を使い、スリンガルⅣに一球型船が飛来してきたように見せかける。そうすれば、プラトゥル・グム・クロザンもほかのハウリ人も宇宙空間から基地が攻撃されたと思うだろう。《カルミナ》のトランスフォーム爆弾は、船内にいるハウリ人要員が未知の敵に応戦するために発射したのだと考えるにちがいない。

そのあと、ハウリ人は当面だれも《カルミナ》にかまわなくなるはず。

とりきめたシグナルがマイクロ受信機に響く。アトランは跳びあがった。トヴァリ・ロコシャンと同時にドアに突進し、押し開ける。通廊にはだれもいない。

一行は通廊を駆けぬけた。基地の奥では大騒ぎになっている。砲塔が展開され、宇宙船がスタートしたのだ。どうやら計画どおりに進んでいるらしい。

そのとき《ナル》から、ドリフェル・カプセルの位置を知らせるビーコンがとどいた。徒歩で基地を脱出することは不可能なので、カプセルは絶対に必要になる。

一分岐ホールに入ったアトランは、右のほうで通廊に動きがあるのに気づいた。床に身を投げだし、パラライザーにセットしたコンビ銃を高くあげて狙いをつける。そこにハウリ人が四名いた。どうやら、磁気レール上で立ち往生した貨物車輛を動かそうとしているようだ。

アトランの銃から麻痺ビームがはなたれたとき、相手もこちらに向かって発砲した。そのとき分岐ホールには、アルコン人につづいて仲間の男女が押しよせていた。なにが起きたのか、まだ気づかないまま。

しかも、ハウリ人の武器はインパルス銃で、極限まで集束させた高圧縮粒子ビームを放射するものだった。

そのビームが、ちょうど走ってきたジェシュワ・トマソフとターケル・ストラーテンに命中。ふたりとも……ほかの者たちもそうだが……パラトロン・バリアを展開していなかったため、即死した。

だが次の瞬間、ハウリ人四名はアトランとトヴァリ・ロコシャンのパラライザーで麻痺させられる。

「仕返しはやめろ!」アルコン人がダットゥ・ヴァルケンにいった。だが、すでに宇宙兵はインパルス・モードにしたコンビ銃を発射していた。

もう遅すぎる。

アトランは唇を一文字に結び、それまで以上に注意深く周囲に目を光らせながら先へ進んだ。仲間ふたりが犠牲になったのはつまらない偶然のせいだとわかってはいたが。やはり思ったとおり、その後はなにも起きない。ほかのハウリ人と出くわすこともなく、ぶじドリフェル・カプセルに到着。全員が乗りこむと、《ナル》は基地にもぐりこんだときと同じ手段で脱出した。

とりあえず、気づかれることなく一ハウリ船にドッキングした状態で往来路を出るまではうまくいった。こんなやりかたは《ナル》にしかできない。

かれらの作戦にはもうひとつ危険な局面があった。《ナル》が往来路の開口部を抜けて《カルミナ》の現ポジションにコースをとったとき、アトランは安堵の息をついたものの、反対方向の大気圏上空付近ではちょっとした宇宙戦争が起きていたから。

ハウリ人の宇宙船が、偽のターゲットに砲火を開いたのだ。

スリンガルⅣの有毒大気のすぐ上方で、人工の恒星がいくつも生まれている。イルナが《カルミナ》を遠隔操作して発射させたトランスフォーム爆弾だ。ハウリ船から充分はなれたところで爆発させているので、なにも破壊されない。とはいえ、実際に戦闘が起きていると思わせるほどには充分に近い。どこからトランスフォーム爆弾が発射されているか、ハウリ人が気づくことはないだろう。

ついに《カルミナ》が視界に入ってきた。

まだ着陸場所にそのままある。アルコン人は通常通信で船載シントロンと連絡をとり、船内のようすをたずねた。

「すべて異状なし」と、シントロン。「ハウリ人の掌握部隊は、刺激性ガスを浴びせて追いはらいました。パニック状態からさめたあと、操縦システムをいじろうとしたので」

「かれらを逃がしたのか？」アルコン人は茫然とした。

「そうするなという命令は受けていません」シントロンの答えだ。

アトランはエイレーネを責めるように見た。

「だって、ハウリ人がパニックからさめる前にもどってこられると思ったんだもの」彼女はうなだれ、小声でつぶやく。

アトランは悪態をのみこみ、

「かれらが《カルミナ》から追いだされたとプラトゥルに報告したら、疑念をいだかれる」と、抑揚のない声を出した。「そうなれば、もうタイミングの問題ではない。可及的すみやかにドッキングしろ、《ナル》！　全員、ただちに戦闘態勢に入るぞ！」

「イルナが合流するのは一分後です」トヴァリ・ロコシャンが心配そうにいう。「いまここにいてくれればよかったのに」

「わたしもそう思う」と、アトラン。そのあいだにドリフェル・カプセルはドッキングをすませ、一行は《カルミナ》で戦闘態勢をとった。

「火器管制ステーション、スタンバイ完了！」サトリ・ジョーラハルがインターカムで告げる。

「通信と探知もスタンバイできました」ダットゥ・ヴァルケンもサトリと同じくタワーで持ち場についた。それから鋭い声で、「注意！　ハウリ人基地からこちらのポジションをめざして一小型機が飛んできます！　いや、一機だけじゃない。あとから三機が追ってくる！」

「イルナだ！」アルコン人はささやいた。「彼女はみごとにやってのけたが……プラトゥルに計略を見破られたのか」それから、声をはりあげる。「インパルス砲、発射！　いや、まずはイルナがいずれかの機から連絡してくるのを待とう。致命的ミスは避けたい」

高速の小型機と、列をなしてそれを追うほかの三機のシルエットが、シントロンによって大型ヴィデオ・スクリーンにうつしだされる。目を細めてそれを見つめていたアトランは、押し殺したうめき声をあげた。追っ手のはなつまばゆいビームが三条、先頭の機に命中したのだ。

「これで、どこにイルナがいるかはっきりした！」トヴァリが叫ぶ。「追っ手を撃て、サトリ！」

恒星のように明るいビームが《カルミナ》のインパルス砲からはなたれ、靄がかった大気を切り裂く。追っ手の二機に命中。機体はばらばらになり、白熱する破片が四方八方に飛び散った。

しかし、イルナの機が受けたダメージはかなりひどかったらしい。たちまちコントロールを失って、二キロメートルほどはなれた場所の沸きたつ溶岩の上に墜落し、まっぷたつに裂けた。

この瞬間、アトランのヘルメット・テレカムに通信があり、透明ヘルメットの内側にバス＝テトのイルナの面影《おもかげ》がうつしだされた。

「《カルミナ》を緊急スタートさせて、アトラン！」女アコン人がせっぱつまったようにいう。それでも、その顔に恐怖の色はない。「プラトゥルにすべて見ぬかれたの。部屋の盗聴装置がまたオンになったのを忘れていた。計画は失敗よ。スリンガルⅣを去ってちょうだい、アルコン人……わたしのこと、忘れないでね！」

「だめだ！」アトランはわれを忘れて叫んだ。「きみも連れていく！」

あとの言葉も聞かずに司令室を飛びだすと、《カルミナ》の緊急脱出システムを作動して下船した。グラヴォ・パックを使い、イルナが不時着した場所にコースをとる。

道すがら、のこった敵の一機をネット・コンビネーションの探知機がとらえた。と、《カルミナ》が搭載インパルス砲を斉射。さらに警告として、ハウリ人基地のわずか三十キロメートル上空にトランスフォーム爆弾をはなつ。小口径のトランスフォーム砲なので、建物表面が破壊されただけですんだが。

ハウリ人は警告を理解したらしく、もうネット船に重火器は投入してこない。それに《カルミナ》のインパルス砲による攻撃が、敵の小型機や戦闘グライダーをアトランから遠ざけた。

「イルナ！」アトランは不時着した機首側の残骸近くに行き、大声で呼んでみた。

返事はない。

心配で気が動転しそうになった。残骸に向かって突進する。女アコン人はハーネスを締めたまま、操縦席にいた。両脚を複雑骨折したらしく、圧迫による傷もいくつかある。アトランは急いでハーネスをはずしてやり、そっと彼女をかかえて外に出した。

「心配しないで！」ヘルメット・テレカムから声が聞こえた。「わたしにはほぼ無限の再生能力があるの。二十四時間たてば、傷なんかまったく見えなくなるわ」

それだけいうと、イルナは失神した。

五分後、アルコン人はイルナを抱きかかえたまま《カルミナ》にもどった。

ふたりが乗船してエアロック・ハッチが閉まったとたん、トヴァリ・ロコシャンは船を緊急スタートさせて宇宙空間をめざす。

アルコン人はイルナを病室に連れていき、エアベッドに寝かせると、その額にキスをしてささやいた。

「許しておくれ、愛する人。わたしは一度ならずきみを疑ってしまった。悪かったね」

「ばかいわないで！」かすかな声が応じる。「一度も疑わなかったなら、あなたなんて願いさげよ。おろかな男に用はないもの」

イルナはベルトについたポケットを手探りし、安心したようにほほえんだ。

「プラトゥルの極秘情報が入ったメモリを持ちだしてきたの」と、ささやく。「《バジス》に行けばすべて解読できるわ。たぶん、ハウリ人の計画している三角座銀河征服に関しての詳細がわかると思う……もしかしたら、ハンガイ銀河の第三クオーターが予定どおり八月四日にメエコラーに物質化しなかった理由もわかるかも」

彼女はため息をつき、ふたたび意識を失った。アトランはその髪をなでてやり、こういった。

「われわれ、すべて見つけだす……そして、ふたりでタルカンへ行き、炎の侯爵とやらの尻に火をつけてやろう。きみといっしょなら、なんだってできるさ」

＊

NGZ四四七年八月二十五日。

アトランはバス＝テトのイルナを《バジス》の船内クリニックに迎えに行った。それからふたりして、観測用ドームのひとつに向かう。

女アコン人はすっかり回復していた。医学的処置のみならず、彼女の驚異的な自己再生能力によるところが大きいだろう。

「わたしが持ってきた情報メモリはどうだった？」イルナが訊く。ふたりはドーム内側に投影された、ハンガイ銀河の星々のコンピュータ映像を見ているところだ。ハンガイのストレンジネス境界から八十光年ほどはなれたXドアのポジションからは、肉眼では長いこと観測できなかった。

「安心していい、徹底的に分析させるから。ハウリ人にとり、三角座銀河はもっとも長く安全な場所だったようだ」

「エイレーネがあんなにたくさん〝陶器を壊したり〟しなければ、もっと多くのことがわかったでしょうに」イルナのコメントだ。

「それはそうだが」アトランはためらいつつ応じる。「きみを信用できなかったことで彼女を責めるわけにはいかない。あまりに疑わしい要素が多かったからな。そんな立場にしては、エイレーネは驚くべきことをやってのけた。われわれをスリンガルⅣの基地から連れだしたのだから。ジェシュワとタークケルの死も彼女の責任ではない。あれは実際、つまらない偶然のせいだった」

　まさか磁気レールのリニアモーターが故障するとは！　アルコン人は心のなかでそうつけくわえ、前日おこなわれた贈呈式のことを思いだした。ジェシュワ・トマソフとタトーケル・ストラーテンの名を刻んだ記念銘板が故人に贈られたのだ。

　ほかにも数千名の記念銘板がある……

　アルコン人は嘆息し、額の髪をかきあげて、

「ところで、ゆうべわたしを訪ねてきた者がいてね」と、告げた。

「女の人？」イルナが悋気《りんき》をよそおって訊く。

　アトランは笑みを浮かべた。

「ペレグリンだよ。あの老人がいろいろやらかしたことは、きみも聞いているだろう。今回かれは〝それ〟の代理でやってきたとはっきり明言した。超越知性体は〝タルカン作戦〟を全面的に支持するそうだ。ヴィールス船五十万隻ぶんの物質をわれわれに提供してくれるらしい」

「ヴィールス物質を？　でも、どんなかたちで？」

「それはペレグリンも言及しなかったな」アトランは応じ、考えこんだ。「だが用心のため、《バジス》近傍に展開しているヴィールス船のメンターは全員、ロストック・バザールに避難させた。大きな出来ごとが待っているぞ、イルナ。きみとともに参加でき

ぴったりよりそう。

「わたしもうれしいわ。やっとあなたといっしょにいられる」女アコン人はアトランにぴったりよりそう。

「ペレグリン自身はタルカン作戦にくわわらないそうだが」アトランは報告をつづけた。

「〝それ〟は積極的に介入するらしい。わたしがペリーやギャラクティカムのことを気にかけるように、〝それ〟も超越知性体エスタルトゥのことが気になるのだろう。タルカン宇宙に跋扈《ばっこ》する破壊的勢力のことも。ペレグリンによれば、かれらのせいで〝それ〟の力の集合体や、通常宇宙の秩序まで脅かされているという」

「だけど、どうやら破壊的勢力の計画どおりにことは進んでいないようよ。前にいったとおり、ハンガイ銀河の次の四分の一は八月四日にメエコラーに移送されるはずだった。でも、まだそうなっていない」

アルコン人はうなずいた。

「ひょっとすると、ペリーが一枚嚙んでいるのかもしれんな」そういってから、ふと笑みをもらし、「あるいは、あの悪名高きラトバー・トスタンが絡んでいるか。かれがハンガイのストレンジネス境界をこえてから、ほぼ一カ月になる。わたしとしては、そろそろもどってきてもらいたいのだが。タルカンへ進出するならば、かれは絶対に欠かせない男だから」

「あなたが話していたような人なら、なにがあってもその前にもどってくるわ」と、イルナ。「トヴァリ・ロコシャンのことも心配よ。ハンガイで行方知れずになっていなければいいけれど」

アトランは顔を曇らせた。あの小柄なカマシュ人も危険を承知でハンガイに向かったのだ。そこにいるはずの偉大な守護神を、なんとしてもロコシャン一族のもとにとりかえしたいといって。

そこで、アルコン人はかれに《ホーキング》を使わせることにした。結局はトヴァリのたのみを拒めなかったから……とりわけ、かれが自分とギャラクティカムにしてくれたことを考えると。

「きっとまた会えるわね。わたしたちだって会えたんだから」

そういったイルナをアトランは抱きよせ、唇にキスをした。これからは、ふたりずっといっしょだ。

どのような運命が待ち受けていようと。

アトランはハンガイ銀河のプロジェクションに目をやった。これはタルカン宇宙の一部分だが、すぐにほかの部分も目にすることになるだろう。

ベクトリング可能グリゴロフを装備した二百メートル級球型船十隻と、その全乗員をひきいて、もうすぐ異宇宙に進出するのだから。

「すぐ……もうすぐだ！」アトランはささやき、バス＝テトのイルナをいっそう強く抱きよせた。

あとがきにかえて

星谷　馨

ペリー・ローダン・シリーズ六八四巻をおとどけします。

今回は前後半ともにエーヴェルスの作品。アトランの思い人、バス＝テトのイルナが久しぶりにヒロインを演じる。ローダン・シリーズに出てくる女性はみんな美人ぞろいだが、彼女もまた尋常ならぬほどの魅力の持ち主だ。なんせ〝時の外にひとり立つ男〟（おお、懐かしのフレーズですね）アトランをたちまち虜にしてしまったのだから。

イルナがはじめて登場するのは、やはりエーヴェルスが著者の『美しき女アコン人』（六二五巻）。この翻訳を担当したわたしは、深淵の地でアトランが彼女にひと目惚れする場面をばっちり〝目撃〟した。イルナを目にした瞬間、アトランにとって宇宙には彼女だけしか存在しなくなり、「わたしはあなたの騎士。なんなりとお申しつけいただきたい、わが女神よ！」なんて言いながらひざまずいてしまうのだ。その気持ちにイルナもこたえ、ふたりは深く愛し合うようになる。けれど、深淵の地で待ち受けていたのは悲しいフィナーレだった。運命がふたりを引き裂き、「もうだれにもバス゠テトのイルナの話はしないと心に決めた。訊かれても答える気はない。それでも、彼女のことは探しつづけるだろう……ふたたび会えるその日まで」と、独白するアトラン。以来、わたしはふたりの恋の行方を陰ながら見守ってきたのだった。「男って一万四千歳になってもキレイな女に弱いんだねえ……」と、心のなかで悪態をつきつつも。

そんな切ない気持ちをずっと抱えてきたアトランが今回ようやく愛しい女性に再会できるのかと思いきや、そこはサービス精神のかたまりエーヴェルス。オールドファンが喜びそうな過去エピソードをあちこちから引っ張り出し、意外な仕掛けをこれでもかと繰り出して、読者をやきもきさせてくれる。一度は引き裂かれた恋人同士の運命やいかに……と、これ以上はネタバレになるのでやめておこう。

さて、話は変わるが、昨年末に映画『アバター』の続篇になる第二作を見に行った。サブタイトルは「ウェイ・オブ・ウォーター」すなわち〝水の道〟である。

二〇〇九年公開の第一作では、地球近傍の星パンドラを舞台にした近未来の世界が描かれ、ローダン・シリーズに出てくるようなＳＦチックなメカが非常に印象的だったのを覚えている。アバターとは自分の分身となるキャラクター、もうひとりの自分だ。映画のなかでは、地球人とパンドラの原住種族ナヴィのDNAからつくられた人造生命体をアバターと呼んでいる。アバターは特殊なカプセル内で眠る操作者の脳とリンクすることで意識を獲得する。つまり、操作者の精神がアバターの姿をまとって思いのままに動けるわけだ。

自分は眠ったまま精神だけが活動するというのは、この六八四巻にも出てくるゼロ夢に似ている。また、精神がべつの肉体に宿ってそれを動かすというのは、ペドトランスファーみたいな感じかもしれない。いずれにせよ、SF世界のおとぎ話だわね……と、これまでは思っていた。ところがなんと、大学発のあるベンチャー企業が〝人の意識をコンピュータに「移植」する技術〟の開発にとりくんでいるという。年末の新聞記事に出ていた。脳の神経細胞ニューロンの電気回路を機械上に再現することができれば、そこに意識が宿るはずなのだとか。いつか映画で描かれていたようなアバター計画が実現する日もくるかもしれない。

そんな第一作と比べると、「ウェイ・オブ・ウォーター」のほうはSF的な味つけがずいぶん薄くなっていた。中心テーマに据えられているのは家族の絆。なかでもとりわけ、父と息子の関係がこまやかに描きだされている。偉大な父の背中を追いかけつつ、自立心からその背中に守られることを拒み、葛藤する息子。やはりネタバレになるので詳しい記述は避けるが、父子の確執というのは洋の東西どころか惑星も銀河も問わず、どこでも似たようなかたちになるものなのかと感じ入ってしまった。というのは、この映画を観てトマス・カーディフのことを思いだしたから。

いまはかわいい娘にメロメロのペリー・ローダンにも息子がふたりいる。そのひとりロワ・ダントンとは良好な関係をたもっているが、最初の妻トーラとのあいだにできたトマス・カーディフとはうまくいかなかったようだ。ローダン・ハンドブックによると、偉大な父に頼ることなく成長してほしいとの配慮から、トマス本人には生い立ちが伝えられなかったらしい。それがあだとなり、やがて事実を知ったトマスはローダンを憎むようになったという。ハンドブックには「ペリー・ローダンよ、おれを息子ではなく、いつか自分の権力を脅かす存在とみなしたのだな。ローダン、いまそのとおりになってやる！　おれの人生の目的はただひとつ、あんたをほろぼすことだ！」というセリフが残っている。いずこも偉大な父親は大変だ。

はるかな星を地球人から守ったり、宇宙を股にかけて活躍したりする父を持たないわれわれ庶民は、せめて穏やかな親子関係を築いていきたいものですね。

最終人類（上・下）

THE LAST HUMAN

ザック・ジョーダン
中原尚哉訳

数多の種属がひしめく広大なネットワーク宇宙。その片隅でウィドウ類の母親と暮らすサーヤは、もっとも憎まれる「人類」の生き残りだった！　秘密を暴かれ逃げだした彼女は、ネットワークを操る高階層知性体の策略にまきこまれ——さまざまな知性と銀河宇宙の広大さを強烈なスケール感で描きだす新時代冒険ＳＦ

ハヤカワ文庫

マザーコード

THE MOTHER CODE

キャロル・スタイヴァース

金子 浩訳

二〇四九年。アフガニスタンで使用されたバイオ兵器が暴走し、致死的病原体となって世界じゅうに広まった。人類滅亡を目前にして、遺伝子操作で病原体に免疫を持つ子供たちが作りだされ、〈マザー〉ロボットによる人類育成計画が発動するが……。破滅した世界での希望の子供たちを描く、近未来ＳＦサスペンス！

ハヤカワ文庫

アルテミス（上・下）

ARTEMIS

アンディ・ウィアー
小野田和子訳

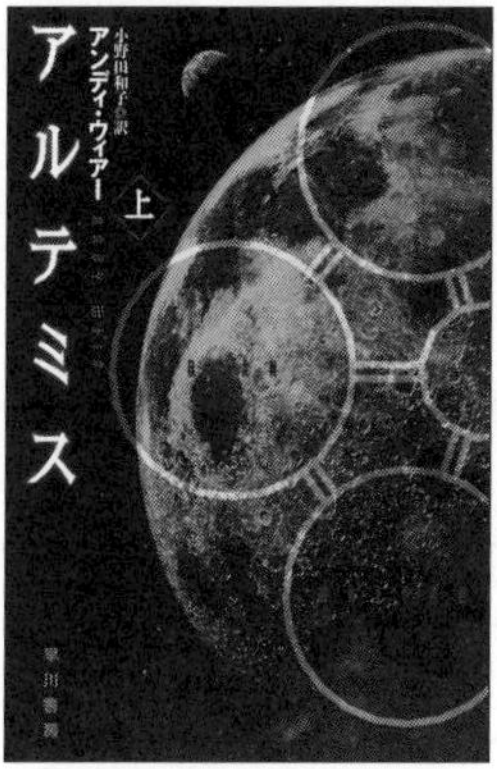

月に建設された人類初のドーム都市アルテミスでは、六分の一の重力下で人口二千人の人々が生活していた。運び屋として暮らす女性ジャズは、ある日、都市有数の実力者トロンドから謎の仕事のオファーを受ける。それは月の運命を左右する巨大な陰謀に繋がっていた……。『火星の人』に続く第二長篇。解説／大森望

ハヤカワ文庫

訳者略歴　東京外国語大学外国語学部ドイツ語学科卒，文筆家　訳書『都市間戦争』エルマー＆グリーゼ，『次元監獄の虜囚』シドウ＆エーヴェルス（以上早川書房刊）他多数

HM=Hayakawa Mystery
SF=Science Fiction
JA=Japanese Author
NV=Novel
NF=Nonfiction
FT=Fantasy

宇宙英雄ローダン・シリーズ〈684〉

焦点《しょうてん》の三角《さんかく》座《ざ》銀河《ぎんが》

〈SF2399〉

二〇二三年三月　十　日　印刷
二〇二三年三月十五日　発行

（定価はカバーに表示してあります）

著　者　H・G・エーヴェルス
訳　者　星《ほし》谷《や》　馨《かおり》
発行者　早川　浩
発行所　株式会社 早川書房
郵便番号　一〇一 - 〇〇四六
東京都千代田区神田多町二ノ二
電話　〇三 - 三二五二 - 三一一一
振替　〇〇一六〇 - 三 - 四七七九九
https://www.hayakawa-online.co.jp

乱丁・落丁本は小社制作部宛お送り下さい。
送料小社負担にてお取りかえいたします。

印刷・信毎書籍印刷株式会社　製本・株式会社川島製本所
Printed and bound in Japan
ISBN978-4-15-012399-4 C0197